선재의
노래

선재의 노래

공선옥 소설

창비

차례

1. 할머니 생각

그날, 할머니가 갑자기 내 곁을 떠나기 전까지 나는,

할머니는 언제까지나 내 곁에서 할머니의 모습으로 살고,

나는 언제까지나 할머니 곁에서

지금의 내 모습으로 살 줄 알았다.

그 외의 다른 생각은 한 번도 하지 않았다.

그러나 언제까지나 계속될 것 같은 날들은

언젠가는 끝나게 된다. 그것은 실제 상황이다.

실제 상황

아, 그날, 그날 아침은 다른 날과 똑같았다. 아침부터 더운 열기가 열어 둔 문 안으로 푹푹 들어왔다. 매미도 식전 댓바람부터 울어 댔다.

"선재야, 인저 고만 인나. 오늘 학교 가, 안 가?"

여름 방학 첫날이라서 안 가는데도,

"당근 가지이."

"당근 갖고 간다고?"

"아니이, 당근 간다고오."

거짓말을 하고 이불을 뒤집어쓴 채 웃었다. 웃기는 웃었지만, 재미있지는 않았다.

"누구 말 들응게 방학 했담서?"

누구한테 들었을까. 피리피리 상필이. 아니면 상필이 할머니. 상필이 할머니는 상필이한테 들었을 테니 어차피 범인은 상필이.

"내일 비가 올란가……."

내일 비가 올란가,라는 말은 할머니 몸 상태가 좋지 않다는 말이라는 걸 아는 나는 그런 말을 들으면 마음이 힘들어서 할머니 말을 끝까지 안 듣는 습관이 있다. 그래서 아무렇게나 대답을 해 버린다. 그날도 그랬다.

"학교 안 가면 할머니 따라 장에 가자고오?"

"할미 생각해 주는 사람은 만고강산 내 강아지뿐일세그려."

그러나 나는 눈도 깜짝 안 하고, 대사를 외우듯이 말했다.

"아이쿠, 그런데 어쩌나요. 오늘도 어제와 같이 학교를 가는 날이랍니다."

시간을 돌릴 수만 있다면, 그래서 그날 아침으로 다시 돌아갈 수만 있다면, 그럴 수만 있다면……. 그러나, 시간은 돌릴 수 없다. 그것은 영화 같은 데서나 가능한 일이다.

만약에 시간을 돌렸다 해도 조금 뒤에 어떤 일이 벌어질지 알 수 없으면 돌린 시간이 무슨 소용이란 말인가. 시간이란 정말 무서운 것이다. 한번 지나면 똑같은 시간은 절대로 다시 올 수 없기 때문이다. 되돌릴 수 없는 그날 아침, 나는 거짓말을 했다. 할머니가 다시 오지 못할 길을 가게 될 줄 까맣게 모르고. 거짓말을 했으니 학교에 가는 척, 일단 집을 나와 상필이한테 갔다. 우리 집이 산밑 외딴집이듯이 상필이 집은 우리 집과 면 소재지 중간에 있는 길가 외딴집이다. 상필이는 엄마랑 외할머니랑 셋이 산다. 상필이 엄마는 먼 데서 일하느라 가끔만 오니까 상필이도 나처럼 할머니와 둘이서만 사는 셈이다. 언젠가 상필이는 친할머니와는 살아 보지도 않았으면서 외할머니랑 사는 게 좋다고 말했다.

"나는 외할머니가 친할머니보다 더 좋은 것 같더라."

"살아 보지도 않고 살아 본 것처럼 말하냐?"

"잘 들어 봐, 엄마의 엄마가 누구야? 엄마가 두 개나 들어가지? 그게 바로 외할머니지. 봐라, 얼마나 좋냐?"

상필이 입장에서는 그럴 수 있겠지. 그러나,

"아, 친할머니가 더 좋다니까."

팍, 악을 썼다. 왜 좋은지 이유는 대지 않고 무조건 우기고 보는 이상한 말싸움은, 치고받고 싸우고 싶어서 하는 전초전 같은 것이다.

"너 외할머니하고 살아 봤냐? 안 살아 봤잖아."

"안 살아 봤다, 그래서, 그래서어어어어!"

엄마가 없는데 외할머니가 어떻게 있겠는가. 상필이도 마찬가지다. 아빠가 없는데 어떻게 친할머니가 있겠는가. 그런데도 우리는 서로한테 없는 엄마, 없는 아빠에 대해서는 말하지 못하고 할머니들만 갖고 늘어졌다.

"안 살아 봤으면 말을 말든지."

"야, 이 쇅꺄."

"너, 욕했어?"

"했다."

"야, 이 씨……."

드디어 엉겨 붙었다. 얼굴에 상처가 나고 팔다리가 꼬집히고 머릿속이 벌에 쏘인 듯 화끈거렸다. 한참 뒤에 우리는 기운 빠진 소처럼 씩씩거리며 바닥에 벌러덩 누워서 하늘을 바라봤다. 그럴 때의 기분은 웃기면서도 슬펐고 슬프면서도 웃겼다.

그런데 작년, 그러니까 오 학년 겨울 방학 시작하기 직전부터 상필이는 좀 달라졌다. 말로는 꼭 집을 수 없지만 뭔가 조용해진 느낌이 들었다. 무엇보다 내가 시비를 해도 별 반응이 없어졌다. 바보 같은 시절처럼 치고 박고 싸우고 나서 같이 하늘을 바라보던 날들은 이제 영영 끝난 것인가. 상필이한테 간 것은 예전처럼 살살 약 올리고 괴롭히다가…… 하여간 같이 놀고 싶어서였다.

상필이 할머니는 엿장수다. 장날이면 가위질 장단에 타령을 부르며 엿을 판다. 자주 들어서 상필이 할머니의 엿타령을 나도 부를 수 있다.

지름이 찍찍 흐른다
둥실둥실 감자엿
가운데 잘쑥 잘방엿
울긋불긋 맹감엿
펑퍼지짐 나발엿

쫄깃쫄깃 찹쌀엿

지름이 짝짝 흐른다

상필이는 자기 할머니를 부끄러워했다. 일 학년 때는 같이 고래고래 엿 타령을 부르며 놀기도 했는데 언젠가부터는 내가 엿 타령을 부르면 내 입을 막았다.

상필이는 장에 가려고 서두르느라 나를 보고도 별로 반가워하지 않았다. 그래서 놀자는 말을 꺼낼 수가 없었다. 기분이 좀 얼얼해졌다. 좀 전에 할머니한테 거짓말을 한 게 뒤늦게 부끄럽게 느껴졌다. 상필이 집을 나와서 소재지 쪽을 보니, 수레에 짐을 잔뜩 실은 할머니가 버스 정류장을 향해 바삐 가고 있었다. 아, 그때도 사실 늦지 않았다. 내가 만약 그때 할머니이, 부르면서 달려갔더라면……. 그러나, 나는 집으로 오고 말았다. 그리고 상필이네 집에 가느라 까먹었던 아침밥을 먹기 위해 부엌으로 갔다. 할머니도 아침을 안 먹고 간 것 같았다. 냉장고 문을 열어 살피다가 다시 문을 닫았다. 가지나물, 오이지, 상추겉절이가 있었지만 먹고 싶지 않았다. 가스레인지 위에는 콩나물국 냄비가 아직 따뜻한 채 올려져 있었다. 나는 콩나물국은 쳐다보기도 싫었다. 먹고 싶은 것이 아무것도 없을 때 늘 그랬듯이 계란프라이를 했다. 옆에 김치도 볶았다. 큰 그릇에 밥을 담고 볶음김치와 프라이를 얹어 마구마구 퍼먹었다. 그렇게 먹고 나니 배는 불렀지만 기분은 좋지 않았다. 기분이 안 좋으면 언제나 그랬듯이 아무거나 발로 차 버릴 것 같아 얼른 감나무 위로 올라갔다. 배가 부르면 기분이 좋아야 할 텐데 이상한 일이었다. 아이, 짜증 나, 날은 왜 이렇게 더운 거야, 듣는 사람도 없는데 괜히 날씨 탓을 하며 감나무 가지를 휙 부러뜨렸다. 그런데 그 순간 하필 이장이 들어서다 가지에 머리를 맞았다.

"아이고, 머여. 야, 이노마."

"왜요?"

"어른한테 왜요라니. 내롸라, 빨리 내루와."

"싫은데요?"

나는 늘 하던 대로 했다.

"할머니가 시방 돌아가시게 생겼는디, 실코 조코가 어딨어."

돌아가시게 생긴 할머니가 다른 할머니인 줄 알았다.

"그거이 나하고 뭔 상관인디요?"

"이노무 자식이. 내롸, 얼릉!"

나는 내려가지 않았다.

"이노무 자식이, 느 할머니가 장에서 씨러져 부렀다. 방금 병원으로 실려 갔단다. 마침 상필이가 장에 있어서 알려 준 것이 을마나 다행이냐."

나는 나무에서 주르르 내려왔다. 이장의 차를 타고 병원으로 가는 동안은 아무 생각도 나지 않고 멍했다.

"……아이고, 요럴 때 느가부지가 있어얀디. 큰일이네, 큰일이여어."

아빠는 아파트 공사장에서 철근 일을 했다고 한다. 어느 날, 사고가 났다. 아빠와 함께 세 사람이 죽었는데 텔레비전 뉴스에도 나왔다고 한다. 엄마는…… 모른다. 언젠가 내가 할머니한테 엄마는? 하고 물었을 때 내가 중학생이 되면 말해 주마고 했었는데, 그랬었는데…….

병원에 가니 상필이와 상필이 할머니가 병원 복도에서 서로 붙잡고 덜덜 떨고 있었다. 의사가 이장에게 물었다.

"보호자 되십니까?"

"나는 이장올시다."

"가족은 이 아이뿐입니까?"

"예, 그렇다고 봐야죠. 야 할아부지가 일찍 돌아가셔 부러서 삼촌도 없고 고모도 없고, 또 즈가부지가 일찍 가 부러서 야도 저 혼자랍니다, 만고강산에 혼자……."

의사가 이장의 말을 끊고 나에게 말했다.

"오달막 님은…… 조금 전, 10시 15분에 사망했습니다. 사인은 심장 마비입니다."

나는 가만히 있는데 이장이 갑자기 울음을 토해 냈다.

"야노마, 느갈머니가 돌아가셔 부렀단다. 어쩐다냐, 이 노릇을 어쩐다냐아……."

울어도 내가 울어야 하는데, 왜 그런지 나는 눈물도 나오지 않고 아무 생각도 나지 않았다.

의사가 나를 가만히 바라보다가 잠깐 어깨를 감싸 준 뒤 조용히, 힘내라고 말했다. 그 순간 의사에게 매달리고 싶었지만, 의사는 가 버렸다. (아, 안 돼, 가지 마세요. 나한테 무슨 말이라도 해 주세요. 우리 할머니가 뭐라고 했는

지 말해 주고 가세요.) 의사의 뒷모습을 바라보며 내가 멍하게 서 있자, 이장이,

"아이, 아이, 정신 차려라, 이노마아."

나는 정신을 잃지는 않았지만, 또 정신이 없기도 했다. 이장은 자꾸만 나에게 정신 차리라고 소리쳤다. 나는 할머니가 사망했다는 것이 무엇을 뜻하는지 알고 있지만, 내가 어떻게 해야 할지 알 수 없었다. 상필이가 내게 다가왔고 상필이를 놓친 상필이 할머니가 픽 쓰러졌다. 나에게 오던 상필이가 다시 자기 할머니한테 돌아갔다.

야 이놈아, 이것은 실제 상황이여어, 정신 채려어! 그러나 이장의 외침은 먼 세상에서 들려오는 소리 같았다. 소리는 들리지 않고 입 모양만 보였다.

어른스럽게

화장한 할머니의 유골이 난초가 그려진 하얀 단지에 담겨 나왔다. 나는 단지를 안고 상필이는 영정 사진을 들고 이장이 모는 차에 올랐다. 모두 탔는데 이장은 출발하지 않았다.

이장이 출발하지 않는 것은 어디로 갈 셈이냐고 내게 묻는 거라는 걸 나는 알았다. 화장장에서 할머니를 어디에 모실 거냐고 이장이 물었을 때 나는, 얼른 생각나지 않아서 나중에 말해 주겠다고 했었다.

"아이."

"아이, 아가."

"야, 이노마."

"아이, 머시매야."

사람들 말소리가, 꼭 먼 데서 들려오는 소리처럼 들렸다. 이장이 출발하지 않는 것도, 사람들이 나를 부르는 것도 어디로 가자는 나의 대답을 재촉하는 것이었다. 그렇지만 나는 이제부터 내가 어떻게 해야 할지 도무지 생각이 나지 않았다. 생각이 났다고 해도 입이 딱 붙어서 열리지 않았을 것이다. 유골함은 뜨거웠다. 뜨거워서 몸에서 땀이 났고 눈물이 땀처럼 줄줄 흘렀다. 모든 것이 꿈속 같았다.

나는 겨우 입을 떼어,

"모, 모모모모."

"뭐라고?"

"애기가 뭐라고 허기는 허네."

"뭐라고 했는디?"

"모른다고 헌 것 같은디."

운전석에서, 폭탄이 날아왔다.

"니가 모르면 누가 아냐, 이노마!"

벼락 치듯 이장이 화를 냈다. 그 순간, 나는 벌떡 일어나서 외쳤다.

"집으로 갈랍니다!"

내내 아무것도 생각나지 않고 멍했던 내가 정신을 차린 건 바로 그 순간부터였을 것이다.

"아이구매애, 놀래라."

"머시라고?"

"집으로 간다고 허네애."

"오메애."

"그려어? 그렇다며는 너의 결정을 존중하여 집으로 간다이."

그때부터 나는 알게 되었다. 어른처럼 행동하는 편이 이득이 된다는 것을. 그러면 아무도 뭐라는 사람이 없다는 사실을 확실히 알게 된 것이다. 그러나 나오는 눈물만은 어찌해 볼 수가 없었다.

먼 곳

"운다고 할매가 오냐? 울지 마러."

내가 우는 모습만 보면 이장은 다른 사람들이 있건 없건 큰 소리로 야단을 쳤다. 나오는 눈물을 어쩌란 말인가. 이장이 울지 말란 소리만 하니까 짜증이 났다.

"울지 말란 소리 좀 하지 마세요."

울면서 악을 썼다. 그렇잖아도 슬픈데 이장이 야단을 치니까 화가 나서 더 울음이 났다.

"아이, 니가 올해 몇 살이냐."

"열세 살이요."

나 대신 상필이가 대답했다.

"열세 살이나 먹어 놓고 애기같이 찍찍 우면 쓰가디."

"슬퍼서 울지요오, 츳!"

이번에도 상필이가 나 대신 대답했다. 할머니 옆에서 미역을 파는 미역 아줌마가 이장에게 우는 사람 그만 건들라고 내 편을 들어줘서야 울음이 겨우 멈췄다.

할머니가 돌아가신 첫날은 뭔지 몰라서 나오지도 않던 눈물이 둘째 날부터 끊이지 않고 나왔다. 내 눈은 퉁퉁 부어서 앞이 잘 보이지 않을 정도였다. 이장이 보면 또 운다고 야단칠까 봐 장례식 내내 이장을 피해 다녔다.

화장장에서 돌아오는 중간에 휴게소 화장실에 들러 소변을 보는데 겨우 멈췄던 눈물이 또 줄줄 흘러내렸다. 할머니가 돌아가셨는데도 나는 오줌이 마렵고 똥도 마렵고 배도 고팠다. 잠도 왔다. 할머니가 돌아가셨으면 그 모든 것이 멈춰야 할 텐데 똑같았다. 할머니가 살아 있을 때와 다른 것은 쉴 새 없이 나오는 눈물뿐이었다.

내 옆에 있던 모르는 아저씨가 나를 보고 말했다.

"오줌 눌 때는 눈을 똑바로 뜨고 눠야지."

화장실을 나오니 화장실에서의 그 아저씨가 나를 보고는 왜 우냐고 물었다. 말도 끝까지 못 하고 할머니,라고 하는 순간 또 울음이 터졌다.

"아나, 먹고 싶은 것 있으면 사 먹어라."

아저씨가 만 원짜리를 줬다. 나는 갑자기 그 아저씨를 붙잡고 싶었다. 병원에서 의사한테 그런 마음이 들었던 것처럼. (아저씨, 가지 마세요. 우리 할머니가 돌아가셔서 나한테는 아무도 없어요. 나 혼자란 말이에요.) 아저씨 뒷모습을 안타깝게 바라보는 나를 이장이 계속 보고 있었던가 보았다. 박카스 상자를 든 이장이 벼락 치듯 소리쳤다.

"머시여!"

나는 계속 아저씨 뒷모습에 눈을 둔 채 짜증스럽게 대답했다.

"왜요?"

(아아, 아저씨 차가 떠나고 있네, 떠나고 있어. 안 돼애…….)

"왜요라니, 모르는 사람이 주는 돈을 덥석 받으니 그러지."

"주니까 받죠."

(갔네, 갔어……. 아저씨가 갔어.)

"줘도 안 받아야지. 니가 거지여? 사람이 말이여, 자존심이 있어야 해."

"내 맘이요!"

"너는 인자부터 혼차여. 혼차일수록에 가오를 지키야제. 삶은 가오빨이라는 말이 있어."

"그게 뭔데요?"

"크면 알게 돼야. 그런디 아까 그 사람이 뭐라고 함서 돈을 주던?"

"안 갈쳐 줄라요."

이장이 웃었다. 이장이 웃으니 나도 웃음이 나왔다. 아, 할머니가 이 세상에 없는데 웃다니, 내가 미친 건가? 이장이 나눠 주는 박카스를 마시며 사람들이 영문도 모른 채 따라 웃었다.

"사는 거시 가랑잎이나 한가지여. 바람 한번 건듯 불면 또르르르 굴러가 부러. 이쪽에서 저쪽으로 굴러가 분당게. 잡도 못 허게 또르르르, 가 부러."

상필이 할머니 말대로 할머니는 죽은 게 아니고 굴러가 버린 것일까.

"그것이 아니여. 다리 건네드키, 저세상으로 뿔딱 건너가는 것이제."

사람이 죽는다는 것은 굴러가 버리는 것이 아니고 건너가는 거라고 말해 놓고 국자 할머니가 의기양양한 표정을 지었다. 국자처럼 허리가 굽은 국자 할머니는 저세상으로 가는 다리를 건너갈 때는 허리를 펼까?

"사는 것은 꿈꾸는 것이여어어. 한바탕 꿈꾸다가 왔던 디로 훅 돌아가 부러어어. 그래서 죽는 것을 돌아간다고 허는 것이제애애."

염소를 키워서인지 염소처럼 생긴 염소 할아버지의 말은 염소가 매애거리는 것 같았다.

"안녕하냐고 인사하고 돌아서서 보니 없어져 부렀네요, 먼지같이 없어져 부렀어요."

미역 아줌마는 할머니가 먼지처럼 없어져 버렸다고 했다.

"미옥 씨, 그것은 먼지라고 안 허고 원자라고 허요, 원자. 사람은 죽으면 원자로 돌아갑니다. 그래서 사방 천지로 스며든다는 말이 있지 않습디요?"

이장이 미역 아줌마 앞에서 왠지 잘난 체를 하는 것 같았다.

할머니는 가랑잎처럼 굴러가 버리고, 다리를 건너듯 건너가 버리고, 왔던 데로 돌아가 버리고, 먼지같이 없어져 버리고 원자가 되어 사방 천지에 스며들었나?

할머니가 간 곳은 어떻게 생겼을까. 여기보다 좋을까, 나쁠까. 거기도 바람이 불고…… 비가 오고…… 해가 뜨고…… 나뭇잎이 살랑거리고…… 새가 울고…… 구름이 흘러가고…….

선재야, 나는 간다아. 잘 있어라이.

같이 가, 할머니이이이이…….

내가 잡으려고 하면 딱 그만큼 할머니는 가고 있었다.

"선재야, 선재야……."

옆에 앉은 상필이가 나를 흔들었다. 잠깐 동안 잠이 들었던가 보았다. 내 무릎 위에는 따스한 유골함이 보자기에 싸인 채 그대로 놓여 있었다. 나는 그때 확실히 알았다. 할머니는 옷을 벗듯, 몸을 빠져나가서 떠났다는 것을. 그러니까 할머니는 굴러가지도, 건너가지도, 돌아가지도, 없어지지도, 스며들지도 않고, 떠났다. 다시 오지 못할 아주 먼 곳으로.

구름 둥둥 세상

할머니의 유골함을 전부터 놓여 있던 영정 사진 앞에 놓았다. 나는 보자기를 풀어서 뚜껑을 열고 할머니의 뼛가루를 들여다보았다. 이상했다. 그저께까지 살아 있던 할머니는 하얀 뼛가루가 되어 단지 안에 담겨 있었다. 하얀 뼛가루가 된 할머니는 아무 말이 없었다. 나는 언젠가, "죽은 사람은 말이 없다."라는 말을 들은 적이 있다. 가루가 된 할머니는 아무 말이 없었다. 할머니가 말이 없으니까 나도 말을 할 수가 없었다. 날이 저물어 오고 있었다. 열대야여서 기온은 높은데도 할머니가 없으니 추운 것 같았다. 손도 떨리고 다리도 떨리고 이도 부딪쳤다. 오도도 톡, 오도도 톡, 오도도 톡.

이제부터 넌 혼자야, 혼자. 밥도 혼자 먹고 잠도 혼자 자고 또…… 돈도 벌어야 해……. 오도도 톡…….

오도도 톡이 나에게 그렇게 말하는 것 같았다.

몸이 떨리기 전에 사실은 내내 마음이 떨렸다. 입으로는 오도도 톡, 오도도 톡 소리를 내며 머릿속으로는 앞으로 살아갈 일을 생각하고 또 생각했다.

장례식장에서 사람들이 내게 준 봉투 속의 돈을 다 꺼내 보았다. 장례식장 비용과 화장장에서 쓴 돈을 빼고 남은 돈은 백십만 원이었다. 나는 이제 그것으로 살아야 한다. 돈 백십만 원으로 내가 언제까지 살 수 있을지는 알 수 없었다. 불을 껐는데 방 안이 환했다. 방충망 너머로 달이 보였다. 달은 보름달이었다. 달은 구름 속으로 들어갔다가 다시 나오기를 반복하면서 둥둥 떠 가고 있었다. 달이 가는 게 아니라 구름이 움직이는 것인데 꼭 달이 움직이는 것처럼 보였다. 혹시 할머니가 지금 저 구름 속에 있을까? 나는 구름을 자세히 보았다. 아무리 자세히 봐도 할머니는 보이지 않았다.

할머니는 엷은 분홍색 구름 위에 앉아 있었다.

……선재야아, 나는 지금, 구름 둥둥 세상에 왔단다. 여가 아조 편타. 그렁게 나 없다고 너무 설워 마러라이…….

할머니이, 내려와, 내려오라고오.

내가 아무리 불러도 할머니는 내려오지 않았다.

할머니는 구름을 타고 멀리, 멀리 떠나갔다.

할머니, 할머니, 할머니…… 할, 할, 할 머 니이…….

손을 휘젓다가 얼굴을 때렸던가 보았다. 빰이 얼얼해 눈을 뜬 순간, 새벽닭이 울었다. 눈을 뜨고서야 나는 내 잠 속에 할머니가 왔다 간 것을 알았다. 그러면 혹시 할머니는 어젯밤 내가 구름을 보고 있을 때 그 구름 속에 있었던 것일까? 마당으로 향한 방문을 열고 하늘을 올려다보았다. 동쪽 하늘에 아침노을이 붉었다. 하늘엔 구름 한 점 없었다. 할머니가 없는데, 아침노을은 붉고 하늘은 푸르고……. 할머니만, 할머니만…… 구름 둥둥 세상으로 가 버렸다.

뒤늦은 발견

나는 할머니 사진을, 할머니 사진은 나를 물끄러미 바라보았다. 이제 할머니를 보고 싶으면 진짜 할머니는 못 보고 사진을 봐야 한다. 이제부터는 사진이 할머니다.

할머니는 지난봄에 마을 노인들과 함께 면사무소 복지회관에서 영정 사진을 찍었다. 읍내 사진관 사람이 노인들의 영정 사진을 무료로 찍어 주었다. 나는 그날, 학교에 갔다 와서 방바닥을 뒹굴다가 할머니한테 생떼를 부렸다. 무엇인지는 모르지만 뭔가가 갖고 싶은데, 가질 수 없다는 생각 때문에 짜증이 났다. 방 한쪽 끝에서 저쪽 끝까지 데굴데굴 구르며, 할모니이, 모시든지 사 조오오오, 혀 꼬인 발음으로 발광을 했다.

뭔지는 모르지만, 하여간 할머니가 뭔가를 사 줬으면 좋겠다는 생각이 떠나지 않아서 할머니 옷자락을 붙잡고 일부러 질질 끌려다니며 어리광을 피운 것이다. 평소에는 아무렇지 않다가도 문득 그런 날이 있었다.

"다 큰 내 강아지가 어찌 그리도 애기 속이단가아?"

"암거나 사 주라고오."

"부침개 부쳐 주까?"

"부침개 같은 거 하나도 맛없어. 다른 거 다른 거 다른 거, 사 주라고오."

알 수 없는 불만 탓에 숨이 턱까지 차오르는 느낌이었다.

"요럴 때는 아조 깐나니여어, 깐나니이."

할머니는 바짓단에 나를 매단 채로도 할 일을 다 했다. 방바닥 걸레질을 하고 콩나물에 물을 주고 어디선가 나타난 거미를 잡고 감자와 양파를 썰고 밀가루 반죽을 하고 부침개를 부쳐서 상에 탁, 놓았다. 나는 점점 약이 올라서 더욱 애기가 되었다.

"그려, 나 애기여. 응애응애 깐난애기란 말여."

"깐나니여? 그러믄 아나, 쭈쭈 묵자."

할머니가 훌렁 옷을 올려 쭈구렁 쭈쭈를 내밀었다. 나는 입술을 쪽쪽거려 젖 빠는 흉내를 냈고 할머니가 내 궁뎅이를 찰싹 때렸다. 나는 아기처럼 애애앵, 애애앵, 소리를 내면서 우는 시늉을 했다. 부엌 싱크대를 붙잡고 선 할머니 등이 떨리고 있었다. 내가 느닷없이 애기짓을 하면 할머니는 억장이 무너진다고 했다. 할머니 등이 떨리는 건 할머니 억장이 무너지는 중이라는 걸 나는 알고 있었다. 할머니 억장이 무너지면 할머니는 소리도 못 내고 운다. 그럴 때는 내 마음도 무너질 것 같아서 무조건 밖으로 나가 마루 밑 개 밥그릇이나 냅다 차는 수밖에.

그날, 할머니는 울다가 나가서 사진을 찍었다. 복지회관 차가 할머니를 데리러 온 것이다. 급히 눈물을 닦고 나가서 찍은 사진이어서 자세히 보면 뺨에 눈물 자국이 남아 있는 것도 같다. 영정 사진은 봄부터 있었는데 사진 속 할머니의 눈물을 나는 왜 이제야 발견한 것일까. 할머니가 살아 있다면 아직도 그 눈물 자국을 발견하지 못했을지도 모른다. 이왕 발견할 거라면 빨리빨리 발견해야 했는데. 특히 눈물 자국 같은 것은 더 그래야 했는데.

할머니의 울음소리

할머니는 울 때 거의 소리를 내지 않거나 눈물을 흘리지 않아서 나는 할머니가 우는 줄 모르는 때가 많았다. 그렇지만 이제 나는 안다. 할머니가 웃어도 할머니 가슴에는 밖으로 나오지 못한 눈물이 한가득이었다는 것을. 내가 '할머니 속이기 놀이'라고 이름 붙인 놀이를 하던 어느 아침에도 그랬다는 것을 나는 이제야 알겠다.

"선재야, 인저 고만 인나."

인저와 고만과 인나는 세쌍둥이 같았다. 학교 가는 날이면 들려오는 인저 고만 인나라는 소리가 들려올 때마다 나는 이불을 잽싸게 뒤집어쓰고서, 재빠르게 말했다.

"오널 아파 학교 몽가."

할머니 말은 세쌍둥이고 내 말은 네쌍둥이였다. 처음 듣는 사람은 절대로 알아먹을 수 없겠지만 할머니는 바로 안다. 할머니는 내가 연기를 하는 줄 뻔히 알면서도 깜짝 놀라는 시늉을 한다.

"아이코, 내 강아지야. 어디가 아프신가?"

내가 원하는 것은 바로 그것이었다. 선재야, 하고 부를 때의 딱딱한 목소리가 아니라 강아지라고 할 때의 달콤한 목소리. 그리고 내 이마에 올리는 할머니 손에서 나는 파 마늘 냄새.

"아프니까 자꾸 묻지 마. 말하면 목구멍도 아프고, 머리도 아프고 배도 아프고 발꾸락도 아프고 콧구멍도 아프고……."

말하면서도 나는 코를 킁킁거렸다. 할머니 손의 파 마늘 냄새를 맡으면 마음이 포근해졌다. 할머니도 내 어린애 흉내가 싫지는 않은 모양이었다. 할머니 입가 주름이 웃고 있었다. 싫으면 할머니 팔자 주름이 먼저 성을 낸다는 것을 나는 알고 있다. 할머니의 팔자 주름은 성이 나면 시든 상춧잎처럼 되고 좋으면 둥그렇게 핀 나팔꽃처럼 된

다. 할머니의 나팔꽃이,

"열은 없으시구만."

하면서 방글거렸다.

"열 안 나면서 아픈 게 진짜 아픈 거라고."

"내 강아지는 모르는 것이 없는 만물박살세."

"인터넷이 만물박사지."

"그것이 그렇게도 야문이여?"

"그 야문이가 바로 스마트폰이야, 스마트폰."

"그 야문이를 어디 가서 맞춘다냐?"

"맞추긴 뭘 맞춰. 그냥 사면 되는 거지이."

되는 거지이, 소리에 맞춰 나는 용수철처럼 튕겨 일어났다.

할머니 속이기 놀이를 하면서도 내 마음속 어느 한 귀퉁이에서는 어떤 생각이 떠나지 않았다. 나에게 엄마나 아빠, 둘 중 한 사람이라도 있다면 내가 이렇게 싱거운 놀이를 하며 즐거운 척할 수 있을까? 할머니 속이기 놀이는 복구가 저하고 안 놀아 준다고 마루 밑에서 낑낑거리는 것과 같았다. 낑낑, 낑낑, 낑낑낑. 그럴 때면 할머니의 도마질 소리도 찡찡, 찡찡, 찡찡찡, 소리로 들렸다. 그러니까 할머니의 도마질 소리는 할머니의 울음소리와 같은 것이다.

목소리

어느 가을, 할머니랑 냇가에서 억새를 뽑던 날은 유난히 햇빛이 밝았다. 할머니는 흥얼흥얼 콧노래 비슷한 노래를 부르며 억새를 뽑았다.

으악새 다드마서 빗지락을 매어 폴아 울 애기 신을 사 주끄나 울 애기 옷을 사 주끄나아…….

한창 억새를 뽑고 있는데 뭔가 아슬아슬한 느낌이 들었다. 뭔가가 아슬아슬한 느낌, 그것은 직감이라는 것이다.

예전에 도시에서 어떤 가족이 놀러 왔다가 아이가 냇물 어디쯤 있는 소용돌이에 빨려 들어간 적이 있다. 상필이는 그때 도시에서 온 사람들이 물놀이 하는 것을 구경하다가 아이가 물속으로 들어가는 것을 보고 있었다. 그런데 눈 깜짝할 사이에 아이가 안 보여서 상필이가 소리 질렀다.

"소용돌이에 빠졌어요!"

텐트 옆에서 고기를 굽는 아이 아빠와 근처에 있던 사람들이 달려왔지만 처음엔 모두 어떻게 해야 할지 몰라 발만 동동 굴렀다. 그때 아이 머리가 물 밖으로 잠깐 보였다 사라졌다. 아저씨 한 사람이 일촉즉발의 순간에 아이 쪽으로 밧줄을 던졌다. 아이는 정신을 잃기 직전에 밧줄을 잡았다. 아저씨가 밧줄을 잡아당겼다. 아이는 다행히 밧줄을 잡고서 쑤욱 빠져나왔다. 아저씨가 인공호흡을 했다. 아이가 물을 왈칵 품어 내자 파랗게 질린 얼굴에 핏기가 돌면서 눈을 반짝 떴다. 발만 구르며 둘러섰던 모든 사람들이 박수를 쳤다.

할머니가 물가로 가까이 가자 내 머릿속에 휘리릭, 상필이가 말해 준 그 사건이 생각났다.

"할머니이, 안 돼애!"

아직 아무 일도 일어나지 않았는데, 비명이 나왔다. 할머니 등 뒤에서 하얀 억새에 햇빛이 부서지고 있었다.

"아가, 내 강아지야. 왜 그러신가아."

나를 돌아보는 할머니 몸이 휘청했다. 나는 잽싸게 할머니 다리를 꽉 붙잡았다. 할머니 발은 억새에 가려진 소용돌이 바로 옆이었다. 얼마나 위험한 순간인지를 할머니는 그제야 알았다. 할머니 얼굴은 해를 등지고 있어서 까맸다. 할머니가 본 내 얼굴은 햇빛을 받아 붉었을까? 얼굴을 마주 본 순간, 할머니도 나도 울음이 터져 나왔다. 소리도 없이, 눈물도 없이 뭉게구름처럼 뭉게뭉게 부풀어 오르는 할머니의 울음을 본 순간, 나도 할머니 품 안에 안겨 입을 쩍쩍 벌리며 소리 나지 않는 울음을 울었다. 그때의 울음은 얼마나 따뜻한 울음이었던가. 그 울음은, 이 세상에 할머니한테는 내가 있고 내 옆에는 할머니가 있다,는 말을 대신하는 울음이었다고 나는 생각한다. 할머니가 내 등을 쓸어 내리며 조용히 말했다.

"내 강아지가 어찌 그리 어른 속이 짱짱하신고오이."

집으로 돌아오는 길에 할머니 등어리에서 하얀 억새가 춤을 추었다. 내 마음도 햇빛과 바람으로 빵빵하게 부풀어 오르는 느낌이 들었다. 특히 '어른 속'이라는 말이 짜

릿했다. 할머니한테 어른 속이라는 말을 들으면 왠지 배가 부른 느낌이었다. 그런 내 마음을 할머니도 알았을까? 아마 알았을 것이다. 할머니가 "내 강아지가 어찌 그리 어른 속인가." 할 때는 목소리부터 달라지는 것을 보면 안다. 가을에 수수 모가지를 꺾을 때도 그런 목소리를 냈다.

"수수 모가지가 짱짱허네, 내 강아지같이이."

꺼칠한 손바닥으로 내 머리를 쓰다듬을 때 나오는 할머니의 기분 좋은 목소리.

소리 없이 눈이 내리던 어느 겨울밤에, 이불 속에서 할머니가 돈을 셀 때의 목소리도 생각난다.

"하나이, 두이, 서이, 너이, 다서이, 여서이……."

손가락에 퉤퉤 침을 바르고,

"일고비요, 야답이요, 아홉이요, 열 장이요, 열 장이믄……."

내가 외쳤다.

"십마넌!"

할머니는 아무도 없는 방안을 둘레둘레 둘러보며,

"누가 들으면 큰일 나, 암 소리 마러."

나도, 할머니도 입을 합, 다물고 소리 없이 웃었다.

그 돈은 분명히 할머니가 장에서 물건을 팔고 벌어 온 돈인데도 꼭 어디서 훔쳐 온 돈을 세는 것처럼 느껴져서 더 재미있었다.

"돈 많으면 할머니도 좋제? 빨리 말해 봐. 좋아, 안 좋아?"

나는 철부지 도둑처럼 오두방정을 떨고,

"흐흐흐 조오치."

할머니는 도둑 두목처럼 목구멍 깊은 데서 울려 나오는 응큼한 웃음을 웃었다.

눈 내리는 소리는 소리가 없다. 소리가 없는데도 소리가 들린다. 눈 내리는 날은, 특히 저녁 눈 내리는 날은 기분 좋은 꿈을 꾸는 것 같다. 사그락, 사그락, 샤르르르르, 사그락, 사그락, 샤르르르르……. 그러면 할머니는 방문에 달린 쪽유리에 이마를 대고 밖을 내다보며,

"하앗따아, 눈 봐라, 눈."

눈이 하얗게 쌓였는데 하늘엔 달이 휘영청 밝은 밤에 할머니는 또,

"하앗따아, 달 봐라, 달."

이제 눈이 와도, 달이 떠도, 하앗따아, 소리를 나는 들을 수 없을 것이다. 할머니의 목소리도 할머니를 따라 멀리 떠났다.

나나나 음음음

땀이 등과 목에서 줄줄줄 시냇물처럼 흘러내리던 여름 어느 날, 학교 앞 슈퍼 아줌마가 나를 불렀다. 아가,라고 불러서 나는 처음에 나를 부르는 줄 몰랐는데, 너 말이여, 너, 해서 알았다.

"아나."

사과 한 봉지를 내게 안겼다. 나는 신이 나서 사과를 안고 집으로 뛰어갔다. 가슴이 콩닥콩닥 뛰었다. 어떤 엄마가 자기 아이를 아가,라고 부르는 것을 본 적이 있었다. 그 아이는 아가가 아니고 나보다 더 큰 형이었다. 할머니도 내가 아가가 아닌데도 나를 아가라고 부르기는 했다. 그러나 엄마가, 아가,라고 부르는 모습은 그때 처음 보았다.

그전에는 할머니들만 그렇게 부르는 줄 알았다. 같은 말이라도 누가 하는지에 따라 느낌이 다른 것을 그때 처음 알았다. 나는 뛰는 가슴을 안고 집으로 뛰어와서 사과 봉지를 펼쳤다. 사과는 주름투성이였다. 아줌마는 어차피 팔리지 않을 사과를 내게 준 것이다. 할머니가 아닌 사람으로부터 처음으로 아가,라는 말을 듣고 두근거리던 가슴이 갑자기 뚝 멈추었다.

학교에서 가을 운동회가 끝나고 터덜터덜 집에 가고 있는 나를 슈퍼 아줌마가 발견하고 지난여름에 그랬던 것처럼, 아가, 하고 또 불렀다.

"오메 오메에, 이것이 머시여. 땀을 폴죽같이 흘리네애."

아이스크림을 내밀었다. 그 순간, 주름투성이 사과 생각이 났지만 목이 말라서 덥석 받았다. 아이스크림을 먹는 동안에는 아무렇지도 않았다. 그런데 다 먹고 나서 갑자기 화가 치밀었다. 그래서 푸푸거리며 집으로 뛰어 들어갔다. 할머니는 토방에서 고구마순 껍질을 벗기고 있었다. 나는 책가방을 아무 데나 휙 던져 놓고 나무 위로 올라갔다. 언제부터인가 화가 나면 발에 닿는 대로 뭔가를 걷

어차는 버릇이 생겼다. 강아지 복구와 복구 밥그릇이 내 발끝에서 위험해질 것 같았다. 그래서 나무 위로 올라간 것이다. 나는 감나무 위에서 발을 동동거리며 할머니한테 악을 썼다.

"화가 나 화가 나 화가 나아아아아!"

아이스크림을 받아먹은 것이 화가 난다고 말하기가 너무 복잡해서 일단 화가 난다고 악부터 쓰고 보았다. 처음에는 무슨 말인지 모르고 멍하게 있다가 내가 화가 났다는 것을 차츰 알아챈 할머니는 감나무 밑으로 고구마순을 가져왔다. 나는 계속 하던 일을 할 테니, 너는 무엇 때문에 화가 났는지 말해 보라는 뜻이었다.

"슈퍼 아줌마자 여름에 나한테 준 거 생각나?"

"생각 안 나는디?"

"생각 내 봐아아아. 생각 안 내면 주거 불 거시여."

"생각아, 나와 바라아아. 안 나오며는 울 애기가 주거 분단다. 아아, 나왔다, 생각!"

"뭔데?

"사과."

"그래, 그 주름투성이 사과. 오늘은 아줌마가 사과 말고 아이스크림을 줬어. 근데 갑자기 그 사과가 생각났다고."

"으이."

할머니가 듣고 있다는 표시로 내는 으이, 소리를 들으면 기분이 좋아진다. 하지만, 화를 금방 그치기는 왠지 좀 부끄러워서 나는 더욱 큰 소리를 냈다.

"사과가 생각나서 화가 났는데 아이스크림을 맛나게 받아먹은 게 또 화가 난다고오."

할머니는 나를 가만히 올려다보고 있다가 갑자기 부엌으로 갔다.

"화가 난다고오!"

화가 난다고 말하면서 또 화를 내는 나를 내버려 두고 가는 할머니한테 고래고래 악을 썼다. 그러나 그것은 할머니한테 쓰는 악이 아니고 공중에다 쓰는 것이다.

"내 강아지한테 잘해 준 보답이여. 공손히 드리고 오소."

할머니가 가지고 나온 것은 참기름이었다. 그 참기름은 가게에서 돈 주고 산 참기름이 아니고 할머니가 심어서, 가꾸어서, 베어서, 말려서, 털어서, 방앗간에 가져가서, 짠 참기름이다. 나는 싫다고 버텼다.

"싫어, 싫다고오……."

"받고만 살면 도치기여, 도치기."

도치기가 뭔지는 모르지만 느낌으로 뭔가 험악한 짐승인 것 같았다.

"도치기 좋아하시네애!"

그런데 바로 그 순간에 미운 놈한테 떡 하나 더 준다는 속담이 생각났다. 미운 슈퍼 아줌마한테 참기름이나 갖다 주자. 나는 감나무에서 훌쩍 뛰어내렸다.

"이거시 머시여어? 하고메나아, 찬지름이네, 진짜 찬지르음."

아줌마는 참기름병을 받아들고 좋아서 입을 다물지 못했다. 참기름을 전해 주고 돌아오는 길에 이상하게 화가 조금씩 가라앉았다. 할머니의 '미운 놈 떡 하나 더 주자' 전법이 통한 것 같았다.

이거시 머시여? 쿡쿡쿡, 하이고메나아? 칵칵칵…….

아줌마 목소리를 흉내 내다 보니 이상한 웃음까지 나왔다. 하이고메나, 우습다, 참말 우습다, 컥컥컥…… 하다가 집이 가까워지자 콧노래가 나왔다.

나나나 음음음 나나나 음음음…….

그런 식의 콧노래는 아무 때나 나오지 않고 나오는 때가 딱 정해져 있었다. 자전거를 타도 그런 콧노래가 나왔다. 자전거를 타고 바람을 가르며 달릴 때, 풀밭에서 복구랑 뒹굴며 장난칠 때, 복구가 꼬리를 살랑살랑 흔들며 내게 달려올 때, 할머니 뒤를 살금살금 따라갈 때, 할머니한테 들키고 괜히 화난 척할 때, 나는 즐거웠다. 그래서 또,

나나나 음음음 나나나 음음음…….

머릿속에 아무 근심 걱정 없을 때만 나오는 그런 콧노래를 내가 다시 부를 수 있을까? 할머니가 없는 이 세상에서 그럴 수는 없을 것이다. 그럴 수는. 할머니가 없으면 노래도…… 없을 것이다. 나나나 음음음……도 떠났다. 할머니가 떠나고 할머니의 목소리가 떠나고, 내 콧노래도 떠났다. 영영 떠나 버렸다.

그림자

내가 사는 무수골에서 가까운 전원주택 단지는 원래 감나무밭이었다. 이 학년 봄방학 때 할머니하고 감나무밭에서 냉이를 캐고 있을 때였다. 감나무밭 주인이 돈도 안 되는 이놈의 감나무, 하면서 멀쩡하게 서 있는 감나무를 발로 찼다가 아아악, 비명을 질렀다. 차 봤자 자기만 아프니까 나중에는 이노무 감나무 새끼, 하면서 욕을 바락바락 해 댔다. 감나무밭이 곧 없어지리라는 걸 나는 그때부터 예상했다. 사 학년 겨울방학이 끝날 무렵 어느 날 감나무가 베어진 자리에 전원주택 단지가 들어섰다. 감나무밭 주인은 밭을 팔아서 도시의 아파트로 가고 도시의 아파트에 살던 사람들이 와서 전원주택을 지었다. 동준이는 바로 그 전원주택 단지에 산다. 단지 입구에는 감시 카메라가 있다. 그게 진짜 작동하는지 아닌지 궁금해서 그 밑에서 개구락지처럼 방방 뛰다가 뱀처럼 혓바닥 장난을 해봤다. 어느 날 길을 걷고 있는데,

"어머머, 재야, 재! 카메라 앞에서 쇼한 애!"

방금 내 곁을 스쳐 지나가던 아줌마 둘이 비명을 질러댔다. 무시하고 그대로 걷는데, 한 아줌마가 달려와서 내 어깨를 탁 쳤다.

"얘, 오늘 단지에서 바비큐 파티가 있는데, 올래?"

"가면 뭘 줄 건데요?"

나는 할머니나 시골 사람들 앞에서 쓰는 말과는 다르게 '도시스러운 사람들' 앞에서는 되도록 표준말을 쓰려고 노력한다.

아줌마들이 호호, 웃었다.

"이 애, 말하는 것 좀 보소. 귀여워 죽겠네. 맛있는 거 많이 주니까, 꼭 와라, 응?"

"원하신다면 그렇게 하죠, 뭐."

다시 한번 아줌마들이 까르륵 웃었다.

나는 빨간 줄무늬 티셔츠에 청바지를 입고 꿩 깃털 모자를 멋지게 쓰고 전원주택 단지로 갔다. 꿩 깃털은 작년 가을에 할머니랑 도토리 주우러 산에 갔을 때 발견한 것이다. 주황과 파랑이 섞인 깃털이 상당히 멋져서 내가 모자에 붙였다. 그걸 쓰고 읍내로 갔더니, 사람들이 와아, 멋진데, 예술가 같다,고 한마디씩 했다. 어떤 사람은 연예인이다, 연예인, 하면서 나한테 사인해 달라고 졸랐다. 하여간 꿩 깃털 모자를 쓰면 나를 보는 사람들의 태도가 달라진다.

넓은 잔디밭 위의 바비큐 파티는 뭔가 들뜨는 느낌이었다. 동준이를 학교에서 보면 한국 애 같은데, 거기서 보니 외국 애 같았다. 나를 보고 사람들이 아, 그 애가 바로 이 애로구나, 하 거참, 하면서 반가워했다. 역시나 내가 쓴 꿩 깃털 모자를 보고 사람들이 특별히 더 즐거워하는 것 같았다. 사람들이 다들 나를 좋아하는 분위기여서 오랜만에 나도 기분이 썩 좋아졌다. 동준이 아빠가 내게 음료수를 건네며 건배를 했다.

"이름이 뭐라고 했지?"

"선재요, 김선재. 아저씨는요?"

"내 이름? 아, 내 소개부터 해야 했는데, 순서가 틀렸네. 나는 이상덕이야."

동준이 아빠, 이상덕 씨는 고기 굽는 기계에서 맛있게 익은 고기를 먹기 좋게 잘라서 내게 주었다. 고맙다는 말을 해야 하는데 그 말은 어쩐지 하기 싫었다.

"이런 기계는 가격이 얼마나 하나요?"

"이 기계는 순전히 내 아이디어로 만든 거란다. 자잿값만 십만 원 정도 들었어."

"연기도 안 나면서 고기가 알맞게 구워져 나와서 참 좋네요."

엄지 척을 해 주었더니 이상덕 씨가 내 귀에 대고 말했다.

"원하면 만드는 법 가르쳐 줄 수 있어."

"공짜로요?"

"당연하지. 우리 아들 친군데."

"이 모자 한번 써 보실래요?"

"그래도 돼?"

"당연하죠. 친구 아빤데."

"어때? 어울려?"

"멋져요. 원하시면 드릴게요."

"아, 오랜만에 기분이 좋구나."

자기 아빠와 내가 재미나게 대화하는 모습이 질투가 났던 것일까. 동준이는 제 아빠 품으로 파고들며 투덜거렸다.

"뭐야, 얘가 아들이야? 엉? 내가 아들이잖아아."

고기 굽는 기계 쪽으로 이상덕 씨 몸이 기울어졌다.

"어허, 위험해. 좀 떨어져 앉아."

"싫어."

"아이고, 우리 동준이는 언제쯤 선재처럼 의젓해질래, 응?"

"그럼 나 버리고 얘 아들 해, 아들 하라고."

동준이 목소리가 꺄아악, 거위 소리 같았다. 동준이 엄마가 나를 향해 날카롭게 쏘아붙였다.

"얘, 너는 남의 동네 와서 왜 우리 아들을 괴롭히니, 응? 예의가 없구나, 예의가 없어."

이상덕 씨가 내 앞을 막아섰다.

"여보, 애먼 애한테 무슨 짓이야."

"무슨 짓?"

"내가 오늘 선재를 만나서 기분이 아주 좋다고."

동준이 엄마는 이상덕 씨가 쓰고 있는 내 모자를 확 벗겨서 내동댕이쳤다. 나는 얼른 모자를 주웠으나 깃털은 동준이 엄마 손에 들려 있었다.

"당신 기분만 좋으면 뭐 해, 당신 아들이 속상해 죽으려고 하는데."

"죽으라고 해."

"아주 이제 막 나가네, 막 나가."

그때 갑자기 동준이가 악을 썼다.

"아빠 없어도 돼! 우리끼리 살 거야. 아빠 없으면 우리가 못 살까 봐, 돈만 있으면 살지, 뭐."

동준이 엄마가 동준이 입을 막고 나를 노려보며 소리쳤다.

"어머머머, 콩만 한 애가 와서 남의 가정에 부롸를 일으키네, 가정부롸를 일으켜어."

동준이 엄마와 아빠의 목소리는 점점 커져 갔다. 전원주택 사람들은 두 사람을 말리면서 나한테 눈짓을 했다. 얼른 피하라는 뜻이었다. 그러나 나는 그냥 갈 수는 없었다.

"내 꿩 털!"

"뭔 털?"

"꿩 털이요, 꿩 털!"

마침 동준이 엄마가 손에 들고 있던 꿩 털마저 버렸다. 나는 잽싸게 깃털을 주워서 전원주택 단지를 빠져나왔다. 내가 그곳을 떠난 뒤 동준이 엄마와 아빠가 계속 싸웠는지 어쨌는지 나는 모른다. 오 학년으로 올라온 지 얼마 안 됐을 때 동준이가 먼 데서 나를 향해 달려왔다. 나는 반가워서 그러는 줄 알고 동준이를 기다렸다. 그런데 동준이는 달려오던 그대로 나를 들이받았다.

"너 때문이야!"

동준이가 나한테 시비를 거는 게 '그날 그 사건' 때문이라는 걸 눈치챘다.

"아니지, 너 때문이지."

하는 순간 동준이는 저만큼 달려가 버렸다. 그 뒤로도 자기 엄마 아빠가 나 때문에 싸웠다고 동준이는 걸핏하면 "너 때문이야!" 하고 시비를 걸었지만 그동안은 참았다.

그러나 복도에서 나와 부딪치면서 욕을 한 날은 참을 수가 없었다. 달려들어서 동준이를 한 대 쳤다. 동준이는 넘어지면서 아아악, 비명을 질렀다. 선생님은 제대로 알아보려고 하지도 않고 나에게 먼저 사과하라고 했다.

"김선재, 이동준한테 잘못했다고 사과해라."

나는 사과하지 않았다.

"사과 안 해?"

"이동준이 먼저 하면 할게요."

동준이가 선생님 몰래 나를 향해 엿 먹으라는 뜻의 팔뚝 욕을 했다. 나는 즉시,

"엿은 너나 먹어라, 쇄꺄."

동준이가 팔뚝으로 한 욕을 나는 말로 돌려줬다. 물론 동준이한테 한 것인데 선생님이 오해를 한 것이 분명했다. 얼굴이 벌게지면서, 따라오라고 했다.

나는 선생님을 따라가지 않고 가방을 쌌다. 텅 빈 운동장을 가로지르며 바라본 하늘이 무척 넓게 느껴졌다. 구름 한 점 없는 하늘 아래 나 혼자였다. 그리고 내 그림자. 나를 따라오는 것은 오직 내 그림자뿐이었다. 그림자를

보면서도 그때는 그런 생각을 하지 못했다. 햇빛 아래 할머니와 둘이 있으면 그림자도 두 개, 나 혼자 있으면 그림자도 하나라는 것을. 사람이 없으면 그림자는 절대로 만들 수 없다는 것을.

호랑이보다 빠르게

여름내 논에 있던 오리들은 가을이 되면 냇가로 왔다. 왜인지는 모르지만 어느 때부턴가 냇물이 줄어들면서 냇가에는 풀이 자라기 시작했다. 물길은 풀숲 사이로 조그만 실개천만큼 작아졌다. 오리들은 바로 그 실개천에 있었다. 오리들을 바라보고 있으면 시간 가는 줄 모르게 된다. 할머니 말로 하면, 오리 구경 하고 있으면 도낏자루 썩는 줄 모르게 된다.

새끼 오리들은 엄마 오리만 따라다닌다. 조르르 미끄러져 갔다가, 호르르 미끄러져 온다. 새끼 오리들이 엄마, 엄마, 엄마, 하면서 엄마 오리 뒤만 쫄쫄 따라다닌다. 엄마 오리가 바위 위로 올라가자 새끼 오리들은 어찌할 바를 모르고 저희들이 딛고 올라갈 만한 장소를 찾는다. 그러다가 디딤돌을 찾아서 전부 몰려가 기어코 엄마 있는 데로 가는데 끝내 못 올라간 새끼가 끼약끼약 운다.

동준이한테 하라는 사과를 안 하고 학교를 나온 나는 바로 집으로 가지 않고 개천가로 갔다. 한참 동안 오리 구경을 하다가 새끼 오리처럼 나도 끼약끼약 하면서 냇물 속으로 들어가 냇물 바닥에 떨어져 있는 오리알을 주웠다. 나는 물속을 들여다보며 새끼 오리보다 더 센 소리로 끼야악, 끼야악, 소리 질렀다. 새끼 오리의 울음소리를 듣고 엄마 오리는 돌아왔지만 내가 아무리 울어도 엄마는 돌아오지 않을 것이다. 그래서 끼야악 소리 몇 번 만에 소리를 뚝 멈추었다.

오리들은 헤엄을 치는 것이 아니고 그냥 물 위를 걸어 다니는 것 같았다. 누가 나한테 좋아하는 게 뭐냐고 묻는다면, 나는 물가에서 오리 구경하기를 좋아한다고 자신 있게 말할 것이다. 그러나, 좋아하는 것을 물어 주는 사람은 없고 둑방 위에서 아래를 향해 소변을 보던 아저씨가 나를 불렀다.

"야, 이노마."

아저씨는 자기가 소변 보는 것을 들킨 게 부끄러워 나한테 시비를 거는 것이 틀림없었다.

"왜요?"

날카롭게 대꾸했다.

"너 어디 살아!"

"무수골 사는데요?"

"니 아부지 뭐 해!"

"그걸 내가 어떻게 알아요?"

죽은 아버지가 저승에서 무엇을 하고 있는지 내가 어찌 알겠는가. 아저씨는 내 대답이 맘에 들지 않았는지 갑자기 고함을 쳤다.

"야이, 개노무 자식아."

"개가 이렇게 생겼어요?"

"개보다 못허다, 이노마."

나는 도망갈 준비를 하고서,

"아저씨는 뭐같이 생긴 줄 아세요?"

"뭔디?"

"찌그러진 깡통 같아요."

"머시라고? 이노무 자식이."

아저씨 약을 더 올리고 싶어 주먹감자를 날렸다.

"에라이, 이노무 자식을 오늘 그냥 요절을 내야 쓰겄다, 거그 서, 거그, 거그……."

"여기요? 이만큼 서면 돼요?"

"그려, 거그서 꼼짝 말고 기다려."

"요만큼서 꼼짝 않고 기다릴게요."

"올치이, 아이고메야아……."

아저씨가 달려오다가 앞으로 고꾸라졌다. 아저씨를 피할 것도 없이 나는 천천히 걸어가다가 아저씨가 보이지 않는 곳쯤에 와서 아아악 소리 지르면서 달렸다. 멀리 산에서 내려오고 있는 할머니가 보였다. 할머니가 보이는 순간 걸음을 뚝 멈추었다. 나는 천천히, 그러나 마음속으로는 재빨리 할머니한테 다가갔다.

"아이고 내 강아지야, 꿈에 용 뵈드키, 내 강아지가 오시네애."

나를 쫓아오던 아저씨는 이미 사라졌는데도, 나는 숨차

게 일렀다.

"어떤 아저씨가, 나를 요절을 낸다고 쫓아왔어. 할머니가 혼내 줘."

할머니가 허공에 대고 삿대질을 했다.

"워떤 사람이 우리 귀헌 새끼를, 누가, 응?"

아무도 없는데도 할머니는 팔을 휘저었다. 할머니 몸에서 산국화 냄새가 났다. 산국화 냄새 나는 팔을 휘젓던 이 세상에 하나밖에 없는 내 편, 오, 달, 막, 내 할머니.

그때처럼, 어디선가 할머니가 나타나 주면 얼마나 좋을까. 그러면 지금 흐르는 이 눈물을 싹 닦고 할머니한테 달려갈 텐데. 호랑이보다 빠르게 달려갈 텐데…….

2. 사람들

할머니는 보고 있다

천장을 물끄러미 보고 있는데 천장을 기어가던 검은 벌레가 눈 깜짝할 새에 바닥으로 곤두박질쳤다. 지넨가? 나는 지네한테 물린 적이 있었다. 무심코 신발을 신었는데 안에 지네가 있었던 것이다. 처음엔 따끔했고 조금 있다 와락와락 아팠다. 뼈가 끊어지는 느낌이었다. 너무 아파서 고래고래 비명을 질렀지만 그런다고 나아지는 것이 아니어서 가슴이 터져 버릴 것 같았다. 그때 할머니가 계란을 발라 줬다. 닭이 지네를 잡아먹으니까 계란을 바르면 지네의 독을 계란이 흡수한다고 했다. 계란 덕분인지 시간이 지나서인지는 알 수 없지만 뼈가 끊어질 것 같은 아픔이 차츰차츰 가라앉으면서 후끈후끈거리고 나중에는 근질근질하다가 언제 그랬는지도 알 수 없을 정도로 아픔이 완전히 멈추었다. 나는 그때처럼 할머니를 고래고래 불렀다.

"할머니이, 할머니이, 할머니이……."

할머니가 있을 리 없다는 것을 알면서도 그랬다. 할머니가 없다고 할머니를 안 부르면 할머니라는 말을 잊어버릴지도 모른다. 할머니, 할머니, 할머니이……. 할머니는 없고 할머니 냄새만 확 끼쳐 왔다. 뭔가 시큼한 것 같기도, 달콤한 것 같기도, 쌉싸름한 것 같기도, 그 모든 것이 섞인 것 같기도 한, 오달막이라는 이름을 가진 할머니 냄새. 그러니까 그 냄새는 오달막 냄새다. 나는 냄새를 향해서 소리쳤다.

"할 머 니 이!"

내가 부르는 할머니는 다시 내 귀로 돌아왔다.

"할머니, 선재야 잘 잤냐고 물어봐, 빨리, 빨리, 빨리이……."

천장이 울렸다.

"빨리이……."

할머니가 끓여 놨던 콩나물국은 윗부분에 하얀 곰팡이

가 낄 정도로 쉬어서 냄비 주변에 날파리가 날아다녔다.

"선재야, 내 강아지야, 이리 오소, 이리 오소, 하라고오 오오오!"

오오오가 천장으로 튀어 올랐다가 바닥으로 곤두박질쳤다. 내 목소리가 밤하늘을 울리는 산골짜기의 개 울음소리 같았다.

"이리 오소도 안 하고 할머니 진짜, 나빠!"

부엌 구석에서 갈색 벌레가 스르륵 지나갔다. 좀 전에 천장에서 떨어진 벌레는 아닌 것 같았다. 빗자루를 들고 쫓아갔다. 모르는 사람이 보면 내가 벌레가 아니라 할머니를 쫓아가는 줄 알지도 몰랐다.

"어어엉, 어어엉. 왜 말 안 하냐고오, 엉? 할머니 정말 그러기야? 엉?"

"선재야? 선재야!"

우뚝, 멈추었다.

"선재야? 선재야!"

나를 부르는 그 소리는 상필이 목소리였다. 할머니가 아니어서 실망감이 들었다.

"왜애!"

신경질적으로 대답했다.

"밥 먹게 우리 집으로 오래."

한편으로 반갑지만, 표시 내고 싶지는 않았다.

"뭐 있는데!"

"그냥 밥이야."

"맛있는 거 아니면 안 갈 거야."

"호박찌개야. 돼지고기 많이 넣으시더라."

상필이 집에 밥을 먹으러 가는데, 자꾸만 누가 뒤에서 보고 있는 것 같았다. 할머니를 두고 나만 밥 먹으러 가는 것 같다는 말을 할까 말까 하다가 그냥 아무 말 안 했다. 상필이가 말했다.

"어디선가 할머니가 다 보고 계실 거야. 그러니까 너무 많이 울지 마."

상필이는 내 얼굴에 남은 눈물 자국을 본 모양이었다.

국자 할머니

할머니가 한꺼번에 하려고 내놓은 빨래 더미에서 쉰내가 났다. 나는 빨래 더미 위로 엎어졌다. 코를 대고 숨을 들이켰다. 할머니가 밭에 일하러 갈 때 입는 꽃무늬 바지, 장에 갈 때 입는 줄무늬 바지, 구멍 난 양말과, 수건에서 나는 냄새를 들이켜고 또 들이켰다.

"아이, 아이?"

처음에는 할머니가 살아 돌아온 줄 알았다. 그러나 목소리는 국자 할머니. 국자 할머니가 밥을 가지고 왔다.

"울어서 죽은 할매가 살아 돌아온다면야, 어어어어, 천 번이고 만 번이고 울어야겄지마는, 으으으으, 아이고오."

국자 할머니는 타령을 하듯이 말했다. 국자 할머니는

말을 노래하듯이, 노래를 말하듯이 한다.

"주건 사램으은 주건 사램이고 산 사램으은 산 사램이여어. 말이 안 있냐, 눈물은 아래로 내레가고 숟구락은 우로 올라가는 것인게이. 애기들이 한쪽으로는 꼴딱꼴딱 움서도 한쪽으로는 꿀떡꿀떡 어매 젓을 묵는단다. 니가 밥 묵는다고 숭볼 사람 암도 없응게 묵어라, 묵어. 묵어야 또 울제. 안 그냐?"

내가 밥상에서 고개를 돌리자 국자 할머니가,

"어여 무거어!"

야단치듯 내 손에 숟가락을 쥐여 주었다. 숟가락을 손에 쥔 채 고개는 그대로 돌리고 있자, 국자 할머니가 내 손에서 숟가락을 뺏어서 밥을 가득 퍼 내 입에 넣어 주니 먹지 않을 수가 없었다. 모르는 사람이 보면 음식을 강제로 먹는 벌을 받는다고 생각할 것이다. 내가 밥을 먹는 사이에 국자 할머니는 할머니의 유골 단지 앞에 음식을 차렸다.

"어여 잡숴. 국물도 마셔 가며 묵어야 안 언치제."

국자 할머니는 할머니의 영정 사진에 대고 말하고 있었다.

“아이, 천천히 묵어라, 천천히. 싸목싸목 묵어야제 안 글믄 치여이. 언친단 말여.”

이번에는 나한테 한 말이었다. 나는 밥을 씹으면서, 맛있어서 먹는 것이 아니라고 생각했지만 밥은 저절로 목구멍으로 미끄러져 들어가 버렸다. 뱃속에서 밥을 끌어당기는 벌레가 생긴 건가?

상필이 할머니가 해 주는 음식은 너무 짜고 매웠다. 솔직히 말하면 맛이 없었다. 내가 입맛이 없는 것 같다고 생각했는지 상필이 할머니는 내 밥그릇에 달팍, 물을 부어 주고는,

“입맛 없을 땐 물 말아 묵어라. 물 말아서 후룩후룩 묵고 어금니 앙다물고 살어라. 아이고오오, 어린 것을 두고서 가던 걸음 안 떨어져 어치게 갔는가아. 나무 관셈보살.”

수건으로 꾸적꾸적 배어 나온 눈가의 눈물을 훔쳤다. 상필이 할머니가 울먹거리는 통에 그나마 있던 밥맛도 뚝 떨어졌다.

상필이 집에서 먹은 밥과는 다르게 국자 할머니 밥은 맛있었다. 국자 할머니 며느리는 베트남에서 왔다. 국자

할머니가 가지고 온 밥과 물김치와 가지나물은 베트남 며느리가 만들었을 것이다. 베트남 사람이 한국 할머니보다 음식 솜씨가 더 좋은 게 신기했다. 할머니가 돌아가셨어도 밥이 맛있다는 게 좀 이상하긴 했다. 먹다 보니 어느새 배가 불렀다. 할머니가 있었을 때는 배가 부르면 기분이 좋았다. 그렇지만 할머니가 없는데 깨끗이 비운 밥그릇이 나는 부끄러웠다. 국자 할머니는 내가 밥을 다 먹은 것을 보고는, 누구한테 하는 말인지는 몰라도 혼잣말을 했다.

"자네도 다 묵었는가? 다 묵었으면 나도 좀 묵어 보세."

국자 할머니도 배가 부르면 기분이 좋은가 보았다. 할머니 먹으라고 차려 놓은 음식을 다 먹은 국자 할머니가 노래를 불렀다. 나도 가끔 들어서 아는 할머니들의 노래였다.

나비 없는 동산에 꽃 피어 무엇 허리요
님 없는 요 내 방에 조오타 요 깔아서 무엇 허리요
소리 잘난 장구는 어깨 너머다 메고요오오
어절씨구 화전놀이나 가세애

할머니와 함께 부르던 노래를 국자 할머니는 이제 혼자서 불렀다.

염소 할아버지

"아가, 아가아, 밥 묵어라이. 밥을 묵어이. 밥을 묵어야 산다. 안 그러면 죽제이. 밥을 묵어……."

산골짝에서 흑염소를 키우며 사는 염소 할아버지는 밥을 먹으라는 똑같은 말을 하염없이 반복했다. 염소가 끝없이 매애거리듯이.

"있는 것이냐, 없는 것이냐."

내가 감나무 위에서 꼼짝 않고 있으니까,

"에이, 지기랄 것."

할아버지는 비닐봉지를 마루에 놓고 돌아갔다.

살금살금 내려가서 염소 할아버지가 두고 간 비닐봉지를 열었다. 빨간 강낭콩과 팥이 섞인 찰밥이 들어 있었다.

할아버지 집에는 일주일에 세 번 요양 보호사 아줌마가 온다. 찰밥도 그 아줌마가 만든 것이 틀림없었다. 찰밥을 막 입에 넣으려는 순간, 국자 할머니가 그랬던 것처럼 나도 할머니 앞에 밥을 놓아 주고 싶다는 생각이 났다.

부엌에서 가져온 접시에 찰밥을 덜어 할머니 앞에다 놓고 가만히 지켜봤다. 찰밥에 손대는 사람은 아무도 없었다. 당연히 줄어들지도 않았다. 얼마나 기다려야 할까. 오 분이나 십 분만 기다리기로 했다. 똑딱, 똑딱, 똑딱……. 눈을 감고 시간을 계산했다. 뭔가 느낌이 이상해서 눈을 반짝 떴다. 밥이 그대로인 것 같기도 하고, 조금 줄어든 것도 같았다. 그렇다면 할머니가 티 나지 않게 먹은 것일까? 이젠 내가 먹어야지, 덥석, 깨무는 순간, 와작, 돌이 씹혔다. 충격이 셌는지 어금니가 욱신했다. 이가 깨졌으면 큰일인데, 어쩌지? 할머니, 할머니, 할머니이……. 마음속 한가운데를 찬바람이 싸아, 훑었다. 찬바람 지나가는 느낌이 올 때마다 그냥 통과시켜 버리기를 몇 번 하다 보니 요령이 생겼다. 일부러 깨방정을 떠는 것이다. 나는 개구리처럼 다리를 펄쩍거리며 마루 기둥에 걸린 거울로 달려갔다. 이는 깨지지 않은 것 같았다.

"망할 염소 할아버지 땜에 죽을 뻔했네, 죽을 뻔했어."

이쯤에서 할머니가, 맞장구를 쳐 줘야 하는데……. 할머니의 맞장구는 어디로 갔을까? 할머니는 틀림없이 이렇게 말했을 것이다.

호랭이 물어 갈 맴생이 하나씨다이.

돌을 씹어서가 아니라, 할머니의 그 말이 없어서 더 먹고 싶은 마음이 뚝 사라졌다. 뭔가 허전해서 나는 할머니처럼 내질렀다.

"에잇, 호랭이 물어 갈 염소 할아버지!"

할머니가 하던 식으로 내질렀다. 히힛, 웃음이 나왔다. 웃는 걸 누가 볼까 봐 얼른 고개를 숙였다. 마루 밑에 작년 가을에 죽은 복구 집이 보였다. 복구는 남의 집 고구마밭에 경비를 서는 알바를 갔다가 밭 둘레에 설치된 멧돼지 방지용 전기선에 감전돼 죽었다. 정작 죽이려던 멧돼지는 전기선 밑 땅을 파고 들어와 고구마를 먹고 가고 멧돼지를 쫓아야 할 복구만 죽었다.

복구는 내가 일 학년 때 식구가 되었다. 어느 장대비가 쏟아지던 날 조그만 강아지가 오들오들 떨면서 우리 집 대문 안으로 쏙 들어왔다. 어디서 왔는지 알 수 없어서 그대로 키웠다. 복구는 목청이 우렁차서 한번 울면 앞산에서 메아리가 들려올 정도였다. 그 목청 때문에 고구마밭 주인이 복구를 데려갔던 것이다. 고구마밭 주인은 줄을 치고 복구 목에 고리를 걸어 이쪽 끝에서 저쪽 끝까지 왔다 갔다 하게 만들었다. 복구가 죽었을 때 할머니는 말했었다.

"산 것은 언젠가는 다 죽는단다. 복구가 조금 빨리 갔다 생각허고 너무 애달파 마러라."

할머니의 그 말에 나는 고래고래 악을 썼었다.

"전기에 타 죽었어, 전기에 타 죽었다고오!"

나는 그때 내가 흘리는 눈물에 가려 할머니의 눈물을 보지 못했다.

"복구가 죽은 건 할머니 때문이야. 할머니 때문이라고오! 그깟 고구마 한 푸대 얻을라고 복구를 알바시켜 죽게 만들고오……. 우리가 거지야, 응? 거지냐고오!"

나는 있는 힘껏 악을 썼다.

"나도 부애가 나서 허는 소리제. 나도 서룹다, 서롸."

할머니 목소리가 떨리고 있는 것을 알았지만, 나는 복구야아, 복구야아, 하면서 울었다. 그리고 나는 이제 할머니를 부르며 운다. 할머니이, 할머니이…….

"아가, 아가아아. 아가아아아."

내 울음소리를 들었던 것일까. 되돌아온 염소 할아버지가 나를 목놓아 불렀다.

아가, 아가, 우지 마라, 우지를 마러라…….

나보고는 울지 말라고 하면서 할아버지는 울고 있었다.

아빠, 잘 가요

마루 밑에서 복구 집을 꺼내 보니 복구 집 안에 쥐 아기들, 아니 쥐의 새끼들이 꼬물거렸다. 예전 같았으면 쥐들을 모두 꺼내…… 하여간, 그대로 보고 있는데, 누군가 내 등을 톡톡 쳤다. 돌아보니 선생님이었다.

"뭐 보고 있냐?"

"쥐새끼요."

"으음, 새끼 쥐구나. 꼬물꼬물 이쁘긴 하다만……. 집이 흙집이지?"

"예. 우리 할아버지가 직접 지은 집이래요."

"흙집에 쥐가 살면 집이 망가질 텐데."

"벌레도 많아요."

"음, 벌레라……. 쥐와 벌레가 드나들다 보면 쥐 잡아 먹으려고 뱀도 들어오고, 뱀 들어오면 새도 막 들어올 텐데……. 큰일 났네."

인상을 팍 쓰면서 마당 가운데로 가서 집 전체를 살펴보는 선생님의 모습이 왠지, 아빠처럼 느껴졌다. 아빠가 살아 있으면 저럴 것 같았다.

"그냥 대충 함께 사는 거죠, 뭐."

내 말에 선생님이 웃었다. 선생님이 내 눈치를 보느라 자꾸 집 이야기만 한다는 걸 나는 알았다.

"이장님한테 소식 듣고 왔다. 늦게 와서 미안하구나."

"괜찮아요."

"큰일 치르느라 많이 힘들었지?"

"일없습니다요."

나의 북한식 비슷한 대답에 선생님이 픽 웃었다.

"마침 방학 중이라 다행이구나. 마음 잘 추스르고 개학하면 학교에 나오너라."

일없습니다요,를 다시 한번 할까 하다가 그냥 참았다. 뭐든지 자꾸 하면 재미없다는 걸 나도 안다.

"이장님 말 들으니, 너나 상필이나 농촌에 조손 가정 문제가 심각하더구나. 돌보던 조부모가 돌아가시면 남은 아이들을 어떻게 해야 하나. 너는 앞으로 어떡할 셈이냐?"

나에겐 계획이 다 있다고 하고 싶었으나, 계획이 없어서 그 말도 참았다.

"하기사, 네가 뭔 경황이 있겠냐? 살던 집에 살면서 후견인의 조력을 받는 게 나을지, 아니면 시설로 들어갈지, 천천히 생각해 보자꾸나."

"후견인 그딴 거는 뭐고 시설 이딴 거는 뭐예요?"

대충 짐작은 했지만 나는 일부러 그딴 거, 이딴 거에 힘을 주었다.

"설명을 해 주마. 할머니가 너의 보호자였잖아. 이제부터는 네가 성년이 될 때까지 할머니 대신 너를 돌봐 줄 사람이 필요해. 그 사람을 후견인이라고 하지. 시설은 흔히 고아원이라고 하는 데도 있고 요즘은 또 가정형 보호 시설도 있다고 하더라. 인격과 덕망을 갖춘 좋은 어른이 너의 후견인이 되면 그것도 좋겠지만 그런 어른을 못 만나면 어쩔 수 없이 시설로 가야 되지 않을까 싶기는 한데, 혹시 또 다른 대안이 있을지는 나도 좀 더 알아봐야겠구나. 하여간……."

"후견인 그딴 거도 필요 없고 시설 이딴 거도 필요 없거든요."

"혼자 살 자신 있어?"

"할머니 없어 못 살겠습니까? 돈 없어 못 살지."

일부러 사투리로 후딱 뇌까렸다. 예전에 동준이가 자기 아빠한테 했던 말을 써먹긴 했지만 막상 하고 보니, 귀 끝이 간질간질하고 정수리가 근질근질, 후끈거렸다.

"허어, 얘도 참."

선생님은 얼굴을 붉히면서 마당가 감나무를 쳐다봤다. 선생님도 뭔가 민망하고 부끄럽고 뻘쭘해질 때 나무 위나 시렁 위, 남들 안 보이는 어딘가로 몸을 숨기고 싶은 생각이 드는지도 몰랐다.

"힘들 텐데 불쑥 와서 미안하구나. 할머니 돌아가셨다고 통 안 먹고 그러지 말고 뭐라도 해서 먹어라, 응? 그래야 하늘나라에서 할머니도 좋아하시겠지."

"죽은 사람이 알기는 뭘 알겠어요?"

또다시 선생님 얼굴이 붉어졌다.

"기왕 가신 분은 잘 보내 드려라. 마음속으로 할머니, 좋은 곳으로 가서 편히 쉬세요, 기도도 드리고."

"내가 기도해도 듣지도 못할걸요?"

"사람이 죽은 뒤에는 산 사람 마음속에서 살아가는 거란다."

(잘 알지도 못하면서 아는 척하는 거죠?)

선생님 눈에 얼핏 눈물이 비쳤다.

"나는 날마다 내 마음속에 살아 있는 내 딸하고 이야기를 나눈단다."

나는 깜짝 놀랐다.

(선생님 딸도 가랑잎처럼 굴러가 버렸나? 아니면 먼지같이 없어져 버렸을까?)

"우리 딸은 태어날 때부터 몸이 약했어. 그리고 짧은 시간을 살다 지난겨울 먼 곳으로 떠났지. 떠나던 날부터 지금까지 나는 날마다 우리 딸하고 대화를 나눈단다."

선생님 코가 빨개지고 울음을 참느라 뺨이 부풀어 올랐다. 나는 할머니하고 아무 말도 안 하는데 선생님은 이 세상에 없는 딸하고 무슨 말을 할까?

"아침에는 아빠, 잘 잤어? 하는 우리 딸 목소리를 듣고…… 저녁에는 잘 자, 아빠! 소리를 듣고……."

딸 얘기를 하면서 울음이 솟는 것을 감추려고 그랬는지 선생님이 서둘러 일어났다.

"선재야, 방학 동안 몸과 마음 잘 추스르고 개학하면 씩씩한 모습으로 만나자꾸나."

선생님이 가져온 상자를 열어보니 돈 봉투가 들어 있었다. 대문을 열고 내다보니 선생님 차가 산 아래 모퉁이를 돌아 내려가고 있었다. 나는 조용히, 아빠, 하고 불러 봤다. 아빠, 잘 가요.

울 자격

밥때가 되니 어김없이 상필이가 왔다.

"너는 죽은 사람하고 말해 봤냐?"

상필이는 눈만 껌벅거렸다.

"뻘소리 말고 점심 먹게 가자. 오늘은 콩국수야."

내가 생각에 잠겨 있으니까 상필이가 감나무 위로 올라갔다. 나무 위에서 기다릴 모양이었다. 상필이는 나무 위에서, 나는 마루에서 말없이 있는 동안 그날 아침을 생각했다. 생각하기 두려워서 생각이 나도 일부러 외면했던 그날 아침. 나는 아직 상필이에게 그날 할머니가 쓰러지던 순간에 대한 설명을 듣지 못했다. 무서워서 내가 묻지 못했다. 이제 들어야 할 것 같았다.

"그날 아침에……."

내가 미처 말을 끝내기도 전에 상필이가 감나무에서 미끄러져 내려와서 내 옆에 앉았다.

내가 학교에 가는 척하면서 상필이 집에 가 있는 동안에 할머니는 콩나물시루를 실은 수레를 끌고 버스 정류장으로 갔다. 상필이 집을 나오면서 할머니의 뒷모습을 봤는데…… 그랬는데…… 그때 내가 집으로 오지 않고 할머니한테 갔더라면…….

그러나, 후회해도 이젠 소용없는 일이다.

상필이가 천천히 말하기 시작했다.

"우리 할머니하고 엿 공장에서 받아 온 엿을 좌판에 펼치고 있는데 너희 할머니가 숨을 헐떡이며 오고 계셨어."

상필이가 수레를 끌어 주자 할머니가, 아이고, 내 강아지야, 하더라는 것이다.

"너한테 말하듯이 그랬어."

숨이 턱 막혔다. 아이고, 내 강아지야, 아이고 내 강아지야, 아이고 내 강아지야……. 천 번이고 만 번이고 듣고 싶은 할머니의 그 말을 나는 이제 영원히 놓쳐 버렸다, 영원히!

아악, 소리치고 싶은 걸 억지로 참았다. 그러느라고 숨이 좀 거칠어졌다. 내가 안정될 때를 기다렸다가 상필이는 다시 말했다.

콩나물시루를 할머니 자리에 옮겨 놓자 할머니는 지나가는 커피 아줌마를 불러 커피를 한잔 마셨다.

"커피 한잔을 마시다가 아아, 하면서 갑자기 할머니가……. 미안해, 선재야."

할머니가 갑자기 쓰러졌다는 것이다.

"미안해, 정말 미안해……."

상필이가 왜 미안한가. 정말 할머니한테 미안한 건 난데. 나, 김선잰데. 상필이의 말을 듣고 있을 수가 없었다. 나는 이제 어떻게 살아야 한단 말인가. 이동준은 아빠 없어 못 사는 게 아니고 돈 없어 못 사는 거라 했지만, 나는 돈이 없어서 못 사는 게 아니다. 나는 또 할머니가 없어서 못 사는 것도 아니다. 내가 살 수 없는 것은 아무에게도 말하지 못할 이 죄 때문이다. 할머니한테 거짓말하고, 할머니가 돌아가신 줄도 모르고 계란프라이에 김치까지 볶아

처먹은 죄를 안고 내가 어떻게 살 수 있단 말인가.

우는 것도 이제 가짜다. 울 수도 없다. 상필이의 미안하다는 말이 나를 찌르는 송곳 같았다.

할머니의 옷에 남았던 갈색 얼룩이 커피 자국이라는 것을 나는 몰랐다. 그 커피가 할머니가 이 세상에서 마지막으로 먹은 음식이었다는 것을 나는 이제야 알았다. 그것도 모르고 나는 집에서 계란프라이에 볶은 김치를 와구와구……. 나는 이대로 아무렇지도 않게 살 수가 없다는 결론을 내렸다. 내가 나를 용서할 수가 없었다. 그 생각은 화염처럼 나를 덮쳤다.

"119를 타고 병원으로 가는 동안 할머니가 너를 부르셨어. 내가 119를 조금만 더 빨리 부를걸, 조금만……. 선재야, 미안해. 할머니, 미안해요……."

상필이는 손으로 얼굴을 가리고 펑펑 울었다. 그렇지만 나는 눈물이 나오지 않았다. 눈물은 안 나오는데, 몸이 떨려 왔다.

"상필아, 오늘은 그냥 가라. 그냥 집에서 먹을게."

미안해, 미안해, 미안해……. 상필이의 미안하다는 소리가 나를 고문하는 것 같았다. 상필이는 울면서 갔다. 나는 상필이를 따라가지 않았다. 상필이가 간 뒤에도 눈물이 나오지 않았다. 나는 확실히 알았다. 나는 이제 맘 놓고 울 수도 없게 되었다는 것을. 우는 것도 자격이 있는 사람에게만 허락된다는 것을.

울면서 부르는 노래

날마다 구름 한 점 없이, 소나기도 없이 무덥기만 했다. 수도꼭지에서 물이 잘 나오지 않는 걸 보니 가뭄 같았다. 마당가의 봉숭아 잎사귀도 더위에 지쳐 힘없이 늘어졌다. 나는 부엌으로 들어갔다. 할머니가 이 세상에 없는데도 때가 되면 배가 고파지는 것이 처음에는 이상했고 그다음에는 화가 났고 그다음에는 무서웠고 그다음에는 창피했다. 밥을 먹을 때 누가, 야 이놈아, 너는 할머니가 돌아가셨는데 밥이 넘어가냐? 할까 봐, 두려웠다. 이상하고 화나고 무섭고 창피하면서도 밥때가 되면 배는 어김없이 고팠고 배가 고프면 먹을 것이 생각났고 그러면 밥을 안 먹을 수가 없었다.

냉장고엔 이 사람, 저 사람들이 가져다준 반찬들이 있었다. 배는 고픈데 입맛이 없었다. 상필이 할머니처럼 콩국수 같은 고난도의 음식을 할 자신은 없고, 국수가 보여서 국수를 삶았다. 국수에 물을 붓고 김치를 넣은 뒤 막 먹으려고 하는데, 대문 밖에서 야 이노마, 소리가 들렸다. 이장이 온 것이다.

"야, 이노마."

이장은 술에 취했다.

"니가 가련해서 말이여, 가련해서……."

그만 마당에 고꾸라졌다.

"물 좀 도라. 이왕이면 설탕 좀 타고 얼음 몇 개 동동 띄워서."

냉동 칸을 열어 보니, 마침 얼음이 있었다.

"얼음에서 김치 냄새가 진동을 하는구만."

구시렁거리면서도 쭈욱 들이켰다. 달고 찬 물을 마시니 그제야 정신이 드는 모양이었다. 이장이 갑자기 공무원처럼 목소리를 가다듬어 말했다.

"할머니 장지는 생각해 봤냐?"

나는 장지의 뜻을 알고 있었다. 그러나, 이장이 뭐라는지 궁금해서 물었다.

"장지가 뭡니까?"

"힌트를 주마. 묻힐 장, 땅 지. 산소 말이다. 무덤, 묘지."

"모르겠습니다."

"갈쳐 줬잖여, 묻힐 장, 땅 지라고."

"아이 씨, 누가 장지 하나 모를까 봐. 그것이 아니고요……."

"이놈이 얻다 대고 화를 내는 거시여어."

나도 화가 났다.

"아아아아아아아아…… 악! 날도 더운데 씨이……."

"아하, 날이 더워서 못 알아봤구나. 그러면 내가 알아보끄나?"

"신경 끄시죠."

"신경 꺼? 이노무 자식 말 뽄새 좀 보소."

"아이 씨."

이장이 웃었다.

"내가 웃고 싶어서 웃는 줄 아느냐, 어이가 없어서 웃는

다. 쪼깐헌 것이…….”

해 놓고 또 웃다가 중간에 웃음이 목에 딱 걸려 버렸다. 그러고는 나오기 시작한 딸꾹질.

“거 머시냐, 딸꾹, 선생님한테도 뭐? 일없습니다, 했담서? 딸꾹, 너, 북한 사람이냐? 빨갱이여? 말버릇이 왜 그래, 딸꾹.”

나는 아무 말도 하기가 싫었다. 기분이 꿀꿀하다거나, 폭우가 온 뒤에 무너지는 흙담처럼 몸이나 마음 어딘가가 무너질 것 같다는 말을 할 수는 없는 일이었다.

“이 콩만 한 것이 나를 무시허네, 나를 무시해이. 여보오, 세상이 나를 무시허네, 나를 무시해. 여보오.”

이장의 아내는 재작년에 세상을 떠났다. 이장이 술을 마시는 것은 죽은 아내를 잊기 위해서라는데, 그건 거짓말이다. 이장은 술을 마시고 싶어서 마시는 것이다. 주머니에서 또 다른 술병을 꺼내 뚜껑을 이로 따고 주루룩 한 모금 마시고 난 뒤 이장은 술주정 같은 연설을 본격적으로 하기 시작했다.

“호옥, 딸꾹! 그리 빨리 갈 줄 알았으면 더 잘해 줄 것인데 그럴 기회를 안 주고 가 버렸어. 하악, 딸꾹! ……아아아악, 꿀꺽…….”

이장이 술주정을 할 때 나는 계속 떠날 것을 생각했다. 무수골을 떠나자. 할머니를 업고 집을 나서자.

“아아아아, 오늘이 먼 날인지 아냐? 딸꾹, 우리 마누라 생일이다, 생일이여. 우러도오 때애는 느으즈으리이……. 후회할 때는 이미 늦었어……. 참을 수 없이 흐르는 뜨거운 누운무울…….”

울면서 노래 부르는 이장에게 국수 그릇을 놓아 줬다.

“웬 국수냐?”

“먹고 울지 말라고요.”

“아, 맛있구나, 참 맛이 있구나. 그 전에 우리 마누라가 만들어 주던 바로 그 국수 맛이로구나.”

국수가 맛있다고 빙긋 웃다가 겨우 그쳤던 울음을 다시 운다. 울면서 멈췄던 노래를 다시 부른다.

……우러도오 때애는 느으즈으리…….

이장은 울면서도 노래를 끝까지 불렀다.

3. 나는 열세 살이다

할머니를 업고 집을 나서다

날이 밝기 전에 집을 떠나기로 했다. 냉장고 안에 계란도 몇 개 남아 있고 할머니가 담가 놓은 김치도 있어서 전기 코드를 뽑을까 말까, 고민하다가 그냥 빼 버렸다. 집안의 모든 전기 코드를 다 뽑고 문을 잠갔다. 등에 멘 배낭엔 할머니 유골함을 담고 할머니 옷은 잘 때 냄새 맡기 위해, 내 옷은 갈아입기 위해 한 벌씩 챙겼다. 할머니가 장사할 때 전대로 썼던 돈 가방은 어깨에 대각선으로 멨다. 그리고 할머니 영정 사진은 보자기로 싸서 손에 들었다.

날은 오랜만에 구름이 껴서 어제보다는 덜 더울 것 같았다. 텃밭에서 막 오이꽃이 피어나고 있었다. 동이 트기도 전인데 길가 밭에서 호박잎을 따고 있는 상필이 할머니를 만났다.

"어디 가냐?"

"학교요."

"방학이자너."

"방학이어도 학교 가요."

"허긴 방학이나 마나 어디 갈 데가 있냐, 누가 오란 데가 있냐이. 가거라, 암 데나 가. 집구석에 처백혀 있다고 돌아간 할마씨가 돌아오들 안 해. 그렇게 활기차게 돌아댕겨이?"

"상필이는요?"

어제 울면서 돌아간 상필이가 궁금해서 물었다.

"울 애기는 클라고 그런가 시방 아프단다. 엊저녁부터 아프다고 질질 울드라."

상필이 할머니는 상필이를 울 애기라고 한다. 울 애기. 나를 울 애기라고 불러 줄 사람은 이제 이 세상에 없다.

"보나 마나 꾀병일 거예요, 꾀병."

"크크큭, 염병허네."

상필이 할머니는 웃으면서 욕을 했다. 상필이한테 하는

욕인지, 나한테 하는 욕인지는 알 수 없었다. 알 필요도 없었다. 할머니들이 하는 욕은 욕이 아니니까.

"상필이한테 속지 마세요."

(우리 할머니처럼 속으면 안 돼요.)

"이따가 오너라. 괴기 궈 주께."

채소가 든 유모차를 몰고 가는 상필이 할머니 뒷모습이 우리 할머니 같다. 할머니와 똑같은 곱슬 파마머리, 할머니와 똑같은 헐렁한 몸뻬 바지, 할머니와 똑같은 신발, 할머니와 똑같이 어기적거리는 걸음걸이…….

읍내로 가는 버스가 왔다. 할머니가 삼십 년 동안 타고 다닌 버스.

"오메, 니가 누구냐?"

"콩나물 할머니 손자요."

"오메오메, 오메오메."

다른 마을에 사는 할머니들이다.

"아가, 우지 마러라, 우지 마러."

내가 울지도 않는데 울지 말라고 사탕을 내 손에 쥐여 준다. 할머니들 눈에는 내가 애기로 보이는 모양이었다.

"할매 없응게 인자 니가 장사 나가냐?"

나는 얼떨결에 고개를 끄덕이고 말았다.

"가방에 든 것이 머시냐?"

"호박이요."

할머니 유골함이 졸지에 호박이 되었다.

"어린 것이 애쓴다이. 할매 없이 혼차 살아 볼라고 애써."

"하먼, 산 사람은 사러야제."

나는 일부러 힘을 주어 고개를 끄덕였다.

(좀 성가시네, 성가셔.)

할머니들 눈가에 눈물이 맺혔다.

장터 앞에서 얼른 내렸다. 장날. 할머니가 돌아가시던 날도 장날. 나는 그 자리에 가 봐야 한다. 간다는 것이 겁이 나서 안 가고 싶지만, 가서 봐야 한다. 안 가 본다는 것은 양심이 시커먼 놈이나 할 짓이라고, 나는 생각했다.

여기 콩나물 팔던 할머니 어디 가셨어요? 누군가에게 묻고 싶었다. 할머니가 앉았던 자리에는 생선 장수가 앉아 있었다. 콩나물시루가 놓여 있던 자리에는 생선 좌판에서 흘러나온 물이 번져 있었다.

이 자리는 우리 할머니가 있던 곳인데, 우리 할머니가 이 자리를 뺏기지 않기 위해 삼십 년을 지켰는데. 돌아가신 지 얼마나 됐다고 생판 모르는 생선 장수가 장사를 하고 있다니, 이 자리 내놓으라고 악을 쓰고 싶었다.

그러나, 그렇게 한들 무슨 소용인가. 할머니는 이제 다시 오지 못하는 세상으로 가 버렸는데……. 나는 돌아섰다. 시장 사람들은 여전히 아무 일도 없었다는 듯이 손님을 부르고 물건을 팔고 있었다. 저기 저 자리에서 콩나물을 팔던 할머니가 내 등에 업혀 다시 왔는데도, 아무도 모른 채.

할머니가 웃다

집을 나설 때는 할머니를 업고 먼 여행을 가려고 했다. 이왕이면 할머니가 한 번도 안 가 본 곳으로. 버스를 타려고 행선지 표를 살펴보니 사그막, 용소, 진등, 북거리, 한재, 그리고 절골이 있었다. 절골. 그때 갑자기 어느 여름밤이 생각났다.

정수리가 익을 것 같은 뜨거운 여름 하늘 아래 콩밭에서 김을 매다가 할머니가 쓰러졌다. 나중에 할머니는 그날 일을 이렇게 말했다.

"가물가물헌 속에서도 맘이 편터라."

할머니의 말은 혼잣말인 듯 아닌 듯, 잠결인 듯 아닌 듯 내 귓가에 가까워졌다가 멀어졌다.

……아가, 나 죽으면 불에 꼬실라서 절골 미륵사 뒷산에다가 훨훨 날려 주소. 나비와 같이 날아가게 훨훨 날려 주소. 느 할아부지도, 느 아부지도 다 그랬드키 나도 훨훨 날려 주소이…….

나는 할머니가 자장가를 부르는 줄 알았다. 그래서 할머니가 무슨 말을 하는지도 모르고 달콤한 기분으로 잠이 들었다. 그 순간에는 몰랐다가 시간이 한참 지난 뒤에야 알게 되는 말이 세상에는 있다. 할머니가 자장가처럼 내게 했던 말이 할머니의 유언이었다는 것을 나는 터미널 행선지 표에서 절골을 발견하고서야 깨달았다. 그리고 뒤이어서 어떤 목소리가 들렸다.

절골로 가자아 절골로 가자아 절골로 가자아.

처음에는 무슨 말인지 알아먹지 못했는데 가만히 있으니까 분명히 알 수 있었다. 나는 주위를 둘러봤다. 사그막이요, 북거리요, 용소요, 하는 사람은 있어도 절골이요, 하는 사람은 없었다. 더구나 절골이요도 아니고, 절골로 가자고 하는 사람은 아무도 없었다. 그런데도 그 목소리가 내게는 분명히 들렸다. 아 혹시…… 선생님이 날마다 듣는다는 그 목소리, '아빠, 잘 자.' 한다는 그 목소리와 같은 것일까? 나도 죽은 사람의 목소리를 들을 수 있게 된 건가? 알 수 없었다. 나는 버스표 끊는 사람에게 나도 모르게 절골로 가자아,라고 말했다.

"응? 절골 간다고?"

"절골로 가자아."

표 끊는 사람이, 응, 그렇지만 나는 나중에 갈게, 하면서 절골 표를 끊어 주었다. 내가 차푯값을 내밀었으나 받지 않았다. 대합실 안 사람들이 웃었다. 그러거나 말거나, 나는 기어코, 아니 당연히 돈을 냈다. 버스가 출발했다. 내가 절골을 가 본 적이 있는지는 기억나지 않았다. 버스는 큰 도로를 벗어나 농로로 접어들었다. 에어컨 바람이 답답해서 창문을 열었다. 열린 창문으로 습기 품은 공기가 밀려 들어왔다. 드디어 비가 오려는 모양이었다. 바람결을 손으로 느껴 보고 싶어 창밖으로 손을 내밀었다. 바람결의 부드러운 감촉이 손에 감기듯이 느껴졌다. 그런데 유리에 쇠 긁히는 것 같은 날카로운 소리가 들려왔다.

"어이."

승객은 아줌마 두 사람과 나뿐이니, 기사가 부르는 사람은 나일 것이었다. 그러나 나는 차 안에 울려 퍼지는 시끄러운 음악 소리 때문에 못 들은 척했다.

버스가 섰다. 기사가 저벅저벅 내게 다가왔다. 기사는 짙은 선글라스를 쓰고 머리를 노랗게 물들인 청년이었다. 목에 걸린 쇠사슬 같은 노란 목걸이가 사자의 이빨처럼 나를 노려봤다.

"귀먹었냐?"

"아니요."

"근데 왜 대답을 안 해."

"그냥요."

"창밖으로 손 내밀지 마."

"바람이 좋잖아요?"

"콩만 한 게 어디서……."

위협적이긴 했지만 무섭진 않았다.

"오랜만에 비가 오려나?"

"창문 닫아."

"싫은데요?"

"너 어디 살아."

"왜요?"

나도 기사를 노려보고 기사도 나를 노려보다가 기사가 내 얼굴 앞으로 손을 뻗어 창문을 거칠게 닫았다.

"이 자식이 죽을라고."

기사가 운전석으로 돌아가면서 침을 뱉었다. 자기 차에 침을 뱉는 기사를 야단쳐야 정상일 텐데 아줌마들은 기사 편을 들었다.

"요새 아그들이 다 그래. 도대체 말을 안 들어먹어. 어른 말을 숫제 똥 친 막대기로 안당게……."

"뭐라고 말만 하면 눈을 치켜뜸스로 왜요? 헌당게."

나를 보지도 않고 하는 말이었다.

"아아악!"

울고 싶었으나, 악을 썼다.

"호메에, 저런당게, 저려어. 호메에 무셔라아."

절골에 도착하기도 전에 내 기분은 이미 엉망이 되었다. 그래서 그곳이 어딘지도 모르고 아무 데나 내리고 말았다. 버스 뒤꽁무니에 주먹 감자를 먹이고 돌아서려는 순간, 버스가 다시 멈췄다.

"거기 서, 쇄꿔야!"

기사가 도망가는 내 뒤를 쫓아와 배낭을 낚아챘다. 기사가 잡아당기는 바람에 지퍼가 반쯤 열려 있었다.

"뭐야, 이거."

"보시다시피."

"야아, 이거 이거, 유고람이자나. 이 자식 이거 시체를 메고 다니네, 시체를 메고 다녀!"

기사가 놀라서 후딱 떨어졌다. 나는 유유히 배낭을 메고 그곳을 떠났다. 버스도 떠났다. 아까는 울음이 나오려고 했는데 이번에는 반대로 웃음이 나왔다. 웃음소리는 처음에 골골골 나오다가 걷는 동안에 점점 이상한 소리로 변했다. 골골골, 굴굴굴, 걀걀걀, 꿀꿀꿀, 꾸악꾸악꾸악……. 웃음소리는 그치지 않고 나왔다. 내가 웃는 게 아니라 내 등 뒤의 할머니가 웃는 것 같았다. 유고람이래, 유고람, 걀걀걀…….

앞눈, 옆눈, 뒷눈

숨이 턱턱 막히는 길을 걷고 있는데 먼 데서부터, 고물 삽니다, 헌 농기구 삽니다, 컴퓨타 삽니다……, 소리가 점점 가까이 다가오고 있었다. 나는 기다렸다. 고물 장수의 차가 내 앞에 멈추었다.

"아저씨, 절골이 어디예요?"

"타."

절골을 아니까 타라고 했겠지, 믿고 고물 장수 차에 올라탔다. 고물 장수는 가던 길을 그대로 달렸다. 타고 있으면 절골로 데려다 주겠지. 고물 삽니다, 헌 농기구 삽니다, 컴퓨타 삽니다…….

무한정 반복되는 소리에 멍해질 때쯤 고물 장수가 문득

입을 열었다.

"아이, 가다가 고물 있는가 잘 봐라."

"아무것도 없는데요?"

고물 장수가 나를 흘끗 보더니 씨익 웃었다.

"앞눈만 눈이 아녀. 옆눈이 있고, 뒷눈도 있제. 옆눈에 뭣이 보이지?"

푸른 들판뿐인데 고물 장수가 차를 멈췄다.

"내려서 망 좀 봐라."

풀이 무성하게 자란 밭 가운데서 하얀 개 두 마리가 너무나 재미있게 뒹굴고 있었다. 개들은 네 발을 하늘로 올리고 벌러덩 누워서 풀 목욕을 하면서 두 마리 다 입이 찢어지게 웃고 있었다. 온몸에 거름을 묻히고서 저렇게 웃던 복구가 생각났다. 고물 장수가 밭 가운데 버려진 고물을 줍는 사이 나는 넋을 놓고 개들을 구경했다. 그래서 밭 주인이 나타난 줄을 몰랐다.

"지금 고물 훔치는 거시요?"

"고물이 아닌갑죠?"

"고물이라도 쥔한테 허락을 받아야제, 그냥 가져가면

쓰요? 더구나 자식까지 델꼬 다님서."

"안 되겄지요."

"알기는 아는 사람이 말이여. 애를 봐서 이번만 봐줄란게 얼릉 가시오."

고물 장수가 내 손을 낚아채다시피 끌고 가서 차를 거칠게 출발시켰다. 개들이 미친 듯이 달려왔다. 밭 주인이 따라가라고 시킨 것 같았다.

망 보라고 했더니, 망은 안 보고 개들이나 구경했다고 고물 장수가 혼낼까 봐 나는 겁이 났다. 그러나 고물 장수는 아무 말도 하지 않았다. 하늘 가득 붉새가 떴다. 할머니는 붉새가 뜨면 비가 온다고 했다. 고물 장수의 차는 붉새 속을 달리고 달려서 겨우 개들을 따돌렸다.

고물 장수의 집에 도착했을 때는 붉새도 스러지고 해가 완전히 진 뒤였다. 나는 차가 멈추는 대로 도망가려고 마음먹고 유골함 배낭은 이미 어깨에 메고 돈 가방도 단단히 비끄러매고 영정 사진 보자기도 손에 꽉 쥐었다.

"절골을 왜 가려고 하는데?"

내가 절골 간다고 말한 게 언젠데, 이제서야 묻는다. 내

내 잊고 있다가 갑자기 생각난 말을 하면 할머니는 항상, 자다가 봉창 뚫는다고 했다. 내가 대답을 안 하자 고물 장수도 더 묻지 않았다. 그 대신 허리춤에 차고 있는 노래 기계에서 나오는 노래를 콧노래로 따라 부르다가 갑자기…… 원더풀 원더풀…… 부라보 부라보…… 소리쳤다.

"인생이 별거냐, 먹고 싶은 것 원 없이 먹고 폼 나게 살면 그것이 부라보 인생이여. 그냐, 안 그냐?"

나는 계속 도망칠 기회만 엿보았다.

고물 장수는 밥을 하면서, 말을 하면서, 개밥을 주면서, 더러운 세숫대야에 발을 씻으면서…… 계속 이쪽 저쪽으로 왔다 갔다, 바쁘게 움직였다. 그리고 어느 순간 밥이 나왔다. 고물 장수가 묻지도 않고 숟가락을 두 개 놓았고 두 그릇의 밥을 퍼놓고는, 먹자, 한마디를 명령하듯이 하고서 맹렬하게 밥을 퍼먹기 시작했다. 그 기세에 눌려 내 손은 저절로 숟가락을 들고 말았다.

고물 장수 집에도 개가 있었다. 그 개는 오랫동안 묶여 있었던 것 같았다. 그 개는 나를 보자 꾸루럭, 꾸루럭, 하는 이상한 소리로 울었다. (참, 별나게도 우네. 우리 복구는 정말 멋지게 울었지.)

밥은 정말 맛이 없었다. 구운 지 며칠 된 것 같은 정체를 알 수 없는 생선과 시어 터진 김치, 언제 적에 끓였는지 모를 짜디짠 된장찌개가 전부였다. 된장찌개를 한 입 먹었더니 너무 짜서 나도 고물 장수의 개처럼 꾸루럭, 짖을 뻔했다. 그런데 저 개는 왜 짖을까. 생선 냄새 때문이 아닐까.

"생선 달라고 짖는 거예요?"

"누가?"

알면서도 묻는다. 나는 턱으로 개 쪽을 가리켰다.

"짖는데 이유가 있겠냐? 짖고 싶으니까 짖는 거지."

날은 완전히 깜깜해졌다. 고물 장수가 잠들면 떠나야지.

"방에 이부자리 깔려 있으니 잠 오면 자라이. 나는 할 일이 좀 있어서."

고물 장수의 방에는 언제 깔아 놨는지 모를 이부자리가 깔려 있었다. 방바닥은 곰팡이가 피어서 눅눅했다. 밤이 깊어지자 개는 겨우 조용해졌다. 유골함 배낭과 영정 사진과 돈 가방을 품에 안고 잠을 자는 척 눈을 감았다. 감은 눈에도 바깥의 빛이 눈자위에 어룽거렸다. 나는 온 신경을 밖에 집중시켰다. 쓱싹, 쓱싹, 하는 소리가 계속해서 들려왔기 때문이다. 혹시 고물 장수가 칼을 갈고 있는 것일까. 칼을 왜 갈까. 온몸에 돋아난 소름 때문에 손발이 저절로 떨렸다. 어느 순간, 아이코, 소리가 들렸다. 고물 장수가 방으로 들어왔다. 나는 실눈을 뜨고 고물 장수를 살폈다. 손에 상처가 난 모양이었다.

"자냐?"

나는 꼼짝 않고 자는 척했다.

"안 자면, 붕대 좀 감아 줄래?"

대답하지 않았다. 가늘게 코 고는 시늉을 했다.

"음, 자는구나. 잘 자라."

또다시 들려오는 쓱싹 쓱싹 소리. 나는 고물 장수가 무엇을 하는지 보기 위해 살금살금 일어났다. 흐흐흐, 고물 장수의 웃음소리가 들렸다.

"너 같은 아들이 있었지. 돈 못 버는 아빠가 싫다고 지 엄마 따라가 버렸어. 너를 보니, 우리 아들 같더라. 지금 만들고 있는 것은 우리 아들이 좋아하던 장난감 자동찬데 니가 원하면 주마. 흐흐흐."

눈에는 앞눈만 있는 것이 아니라, 옆눈, 뒷눈도 있다는 고물 장수 말이 맞았다. 고물 장수는 틀림없이 뒷눈으로 나를 봤을 것이다. 흐흐흐, 고물 장수의 웃음소리가 다시 한번 들려왔다. 나는 이부자리로 돌아와 배낭에서 할머니 옷을 꺼내 코에 묻고 눈을 질끈 감아 버렸다.

죄 없는 북엇국

잠에서 깨어나 보니 아침이었다. 눈을 뜨기 전에 여기가 어딘가, 잠시 헤아리는 중에 꾸루룩, 꾸루룩, 하는 개 울음소리를 듣고서 고물 장수 집이라는 걸 알았다. 나는 그때까지 한번도 남의 집에서 잠을 자 본 적이 없었다. 아니다. 상필이 집에서 딱 한 번 잔 적이 있다. 상필이 집은 우리 집이나 마찬가지다. 그러니까 나는 태어나서 처음으로 모르는 사람 집에서 잠을 잔 것이다. 배낭과 돈 가방은 내 품에 그대로 있었다. 그래도 나는 아직 눈을 뜨지 않았다. 이 모든 낯선 풍경을 마주할 자신이 없었다. 눈을 와짝 뜨고 발딱 일어나서 총알처럼 튀어 나가야지. 그러나, 휴우, 하는 숨소리가 가까이서 들렸다. 그 순간에 나는 고물 장수가 기다리고 있다는 것을 알아챘다. 그런 줄도 모르고 천하태평으로 잠을 잤다니.

"일어났으면 세수하고 밥 먹자."

이 소리는 또 무슨 소리란 말인가. 눈떠 보니 밥상이 차려져 있었다.

"손님이 와서 오랜만에 국이란 걸 끓여 보긴 했는데 간이 맞을랑가, 어쩔랑가……."

국은 북엇국 같았다. 어젯밤 먹은 된장찌개 못지않게 간이 짜고 무와 북어를 처음부터 함께 넣어 끓였는지 무는 곤죽이었다. 북엇국은 나도 끓일 줄 안다. 할머니는 무 대신 콩나물을 넣었다. 무를 넣고 끓일 땐 북어를 먼저 넣고 콩나물을 넣고 끓일 땐 콩나물을 먼저 넣는다. 그것은 기본이다. 고물 장수는 음식의 기본을 모르는 게 분명했다.

"맛이 어떠냐?"

"짜요."

"짜도 맛은 있지?"

"짜다니까요."

"흐음, 그러타며느은."

상필이 할머니 같은 사람이 여기 또 있었다. 먹는 사람 허락도 안 받고 물을 부어 버리는 게 아닌가.

"아, 안 돼애!"

"짜담서?"

"그래도 물 부으라고는 안 했잖아욧!"

남이 차려 준 밥상 앞에 앉은 것도 놀라운데, 뿔까지 내다니. 놀라서 숟가락을 떨어뜨릴 뻔했다. 내가 그러거나 말거나, 고물 장수는 히죽거렸다.

"야, 오랜만에 사람하고 밥을 먹으니, 행복하구나이. 북엇국의 행복이야이."

(행복이 아니라 불행이다, 북엇국의 불행!)

"앗따, 오늘 아침에 웬일로 기분이 환해진다. 그냐, 안 그냐?"

(안 그요.)

괜히 숟가락으로 죄 없는 북엇국만 휘저었다.

빗속에서 달리다

남의 집에서 잠도 자고 밥도 얻어먹었으니 갈 때 가더라도 설거지 정도는 해 주고 가야지, 하는 생각이 들었다. 밥상을 치우는 나를 고물 장수 아저씨가 흐뭇한 표정으로 쳐다보는 것이 뭔가 불길한 느낌이 들었다. 아니나 다를까.

"설거지 끝내고 따라나서라이. 사람은 밥값을 해야 하는 법이거등."

어쩐지 친절하더라니. 밥 먹여 놓고 부려 먹으려고? 이제야말로 내가 정신 바짝 차려야 할 때가 왔다. 그런데 하필이면 그때, 화장실이 가고 싶어졌다. 고물 장수 눈에 안 띄게 배낭과 영정 사진과 돈 가방을 챙겨야 하는데……. 그러나 고물 장수는 계속 보고 있고 상황은 점점 급해졌다.

"화장실이 어디예욥?"

긴장해서인지 말끝이 이상하게 나왔다.

"아무 데나 싸라."

아무 데나? 아무 데는 어디란 말인가. 밖으로 나가 뱅글 뱅글 돌다가 마지막 순간에 정말 아무 데나 주저앉고 말았다. 그런데 하필 그곳이 꾸루룩이 옆이었다. 꾸루룩이는 내가 똥을 누는 동안 나를 빤히 쳐다보다가 저도 똥을 누는 것이 아닌가. 오이, 오이, 이쁘다, 해 주니, 꼬리를 흔들었다. 일을 다 보고도 꾸루룩이와 논다고 생각했는지 옆 눈으로 다 보고 있었는지, 고물 장수가 소리를 질렀다.

"머시 그리 오래 걸려어?"

"내가 왜 아저씨랑 일을 해야 해요!"

내친김에 나는 거의 악을 썼다.

"재워 주고 밥 먹여 준 이유가, 일 시켜 먹을라고 그런 거예요!"

"앗따, 이노무 새끼. 야무네, 야물어. 너는 누구냐? 어디서 온 놈이여. 가방에 든 것은 뭐냐?"

"뭘 알고 싶은데요?"

"모든 것을 알고 싶다."

"안 갈쳐 줄 건데요!"

나는 유골함 배낭을 메고 할머니 영정 사진과 돈 가방을 손에 들게 된 순간, 냅다 뛰었다. 바로 그 순간, 머리 위에서 번개가 번쩍하더니, 와르르 쾅쾅, 천둥이 치고 굵은 비가 쏟아지기 시작했다. 어제는 붉새 속에서 달렸고 오늘은 빗속을 달린다.

"너한테 일 시켜 먹으려고 한 것이 아니라아…… 오해를 마러라아, 오해르을……. 돌아와아, 돌아오면 날마다 내가 맛난 것 해 주께애……. 도라오라니까아."

내가 속을 줄 아나. 착한 척하면서 재워 주고 밥 주고는 일을 시켜 먹으려고? 고물 장수가 나한테 시키려고 했던 일은? 고물 훔치는 일! 그렇게는 살 수 없지. 할머니는 말했다. 빌어먹는 한이 있어도 도둑질은 하지 말아야 한다고. 나는 빗속을 달리고 또 달렸다.

나는 어린애가 아니다

고물 장수도 따돌리고 비도 피할 겸, 다리 밑으로 숨었는데, 타타타, 오토바이 소리가 다가왔다. 나는 다리 위로 뛰어 올라가 스톱을 외치며 손을 흔들었다. 오토바이가 멈췄다.

"뭔 일이여, 뭔 일?"

"납치요, 납치."

"넙치? 넙치가 왜 들에서 나."

"납치이이!"

"타아!"

오토바이는 들길을 전속력으로 달렸다. 나는 다시 한번 스톱, 스토옵을 외치지 않을 수 없었다. 오토바이가 너무 빠르게 달려서 토할 것 같았기 때문이다. 비는 점점 거세졌다.

"막 퍼부서라, 퍼부서, 카악."

이건 또 뭔가. 오토바이 아저씨가 깡패처럼 침을 뱉었다. 내가 또 사람을 잘못 만난 것일까. 그래도 할 수 없다. 나는 고물 장수에게서 벗어났고, 절골에 가야 한다. 그런데, 절골 가기가 왜 이렇게 어렵지? 절골 말고 다른 곳으로 가야 하나? 바로 그 순간, 터미널에서 들었던 소리가 다시 들려왔다. 절골로 가자아 절골로 가자아. 할머니가 그러시나? 그렇지만 할머니 목소리는 분명코 아니었다. 할머니 목소리라면 내가 왜 모르겠는가. 내가 할머니 목소리를 어떻게 잊겠는가. 군고구마 같은 우리 할머니 목소리를. 그럼, 누구 목소리란 말인가? 정말 알 수 없는 일이었다. 하여간 나는 어디선가 들려오는 절골로 가자아, 소리를 무시할 수는 없었다. 그런데 아뿔싸, 뭔가가 허전했다. 그리고 나는 즉각 깨달았다. 등에는 분명히 배낭이 있고 손에는 분명히 영정 사진 보자기가 있는데 또 하나, 있어야 할 돈 가방이 없었다!

"아악. 내 돈, 내 돈 가방! 아저씨, 스토옵, 스토옵!"

"또 스톱이여?"

끼이익, 소리를 내며 겨우 오토바이가 멈추었다. 오토바이에서 내리긴 했지만 돈 가방을 어디서 잃어버렸는지 생각나지 않았다. 그런데 또 멀리서 고물 장수가 달려오고 있었다. 나는 이제 어찌해야 할 것인가. 돈 가방을 찾으려면 고물 장수가 오고 있는 쪽으로 가야 하고 고물 장수를 피하려면 오토바이를 타야 한다.

"너는 일단 도망을 가라."

오토바이가 고물 장수를 향해 달려갔다. 고물 장수는 거리가 좁혀지자 달리기를 멈추고 천천히 걸어왔다. 소리는 들리지 않았지만 어쩐지 고물 장수가 흐흐흐, 웃으면서 오고 있는 것 같았다. 오토바이 아저씨가 고물 장수 멱살을 잡는 것이 보였다. 그런데 곧 싸울 것 같던 두 사람이 어디론가로 가고 있었다. 그럼 두 사람은 친구가 된 건가? 두 사람이 친구가 됐다면 둘 다 내 편은 아니다. 나는 빗속을 달리기 시작했다. 이제 아무한테도 도와 달라는 말 같은 것은 하지 말자고 결심했다. 나는 열세 살이나 먹었지 않은가. 나는 더 이상 어린애가 아니다.

4. 할머니, 안녕

환한 아침

내가 그거 할아버지를 만난 것은 산속 비닐하우스에서 자고 난 다음 날이었다.

빗속을 달리면서 비를 피할 곳을 찾았지만 들판엔 마땅한 곳이 없어서 산 쪽으로 올라갔다. 조금 올라가니 버섯 키우는 사람이 쓰는 비닐하우스가 보였다. 문을 열고 계세요? 불렀지만 아무 대답이 없었다. 그래도 우선 급해서 들어갔다. 품속에 들어 있긴 했지만 영정 사진이 걱정되어 더 빗속에 있으면 안 될 것 같았다. 다행히 영정 사진은 아직 젖지 않았다.

비가 와서인지 조금 추웠다. 무엇보다 돈 가방을 잃어버려서 심장이 두근거렸다. 뭔가 덮을 게 없나 둘러보니,

낡은 담요가 보였다. 담요뿐 아니라 가스버너와 생수와 라면도 있었다. 주인이 내쫓지만 않으면 며칠은 살 수도 있을 것 같았다. 오후가 되고 저녁이 올 때까지 비는 멈추지 않았다. 주인한테 미안하긴 했지만 배가 고파서 라면을 끓였다. 점심도 라면, 저녁도 라면을 먹었다. 비는 내가 잠들어 있는 밤중에 그친 것 같았다.

비닐하우스 가까운 데서 누군가를 부르는 소리가 나서 잠이 깼다.

"오야, 오야아?"

문을 여니 머리카락을 보라색으로 물들인 할아버지가 사진기를 들고 서 있었다. 할아버지 뒤로 맑게 갠 하늘에 떠오른 아침 햇살이 눈부셨다.

"아하, 사람이 있었구나. 놀라게 해서 미안해."

깜짝 놀랐다. 먼저 미안하다고 하는 어른은 처음이기 때문이다. 미안하다는 사람을 그냥 세워 둘 수는 없는 일, 주인인 체하면서 들어오시라고 했다.

"아하, 고마워. 나는 개를 찾고 있어. "

할아버지는 말을 하면서도 계속 사진을 찍었다.

"할아버지, 뭐 찍어요?"

"눈에 보이는 것들을 찍지."

"할아버지 그거죠?"

"그거가 뭔데?"

그거가 뭔데,라고 물으면서도 찍었다.

"그거 있잖아요, 그거."

"글쎄."

글쎄, 하면서도 찍었다.

"아, 그거요, 그거. 수업 시간에도 막 돌아다니는 애들 보고 그거라고 하잖아요."

나는 답답해서 머리를 쥐어뜯었다.

"그래, 그거."

"할아버지 그거 맞죠?"

"그런가?"

"가만히 못 있고 계속 사진 찍잖아요."

그제야 할아버지는 사진기를 호주머니에 넣고 내 옆에 앉았다.

"내 이름을 일단 그거라고 하자. 그럼 네 이름은 뭐야?"

"선재라고 하죠, 김선재."

"선재야?"

"예?"

나는 깜짝 놀랐다. 처음 본 사람이 너무나 다정하게 내 이름을 불렀기 때문이다.

"난 이런 걸 찍는단다. 같이 볼래?"

그거 할아버지가 사진기 화면을 켜서 물기가 반짝이는 나뭇잎, 나무와 나무 사이에 보이는 하늘, 구름 사진을 하나씩 보여 주었다.

"에이, 별것도 아니구만요."

나는 일부러 동네 아저씨들처럼 말했다.

"하하, 그래, 맞다. 별게 아니지."

"근데 왜 찍어요?"

"찍는 게 좋아서 찍지."

"찍지 않고 그냥 보면 되잖아요."

"그냥도 보고 찍어서도 보는 거지."

"사진으로 보면 뭐가 다른가요?"

"사진을 보는 시간이 즐겁지."

“왜 즐거운데요?”

“직접 볼 때 못 보는 것을 사진으로는 볼 수 있어서 그렇지.”

“어떤 게 보이는데요?”

“야아, 선재 질문이 참 좋구나. 어떤 게 보이냐고? 그건 바로 상상이란다. 사진을 보면 직접 볼 때와 다르게 상상을 할 수 있지.”

나는 할아버지 말을 알아먹기가 어려워서 머리를 긁적거렸다. 그래도 할아버지와의 대화가 즐거웠다. 더구나 질문이 좋다는 칭찬을 들으니 기분이 좋았다. 그러나 할아버지는 가려는 모양이었다. 비도 그쳤으니 나도 일어섰다.

“할아버지, 같이 가요.”

“너도 집에 가려고?”

“나는 절골에 가요. 절골.”

“아, 그래? 절골에 가려면…….”

“버스 타고 가야 해요.”

“아, 그러면…… 내 차로 데려다주마.”

산을 내려오면서 할아버지는 계속 오야를 불렀다.

"개 이름이 왜 오야예요?"

"오야, 오야, 하다 보니까 오야가 됐어."

"오야를 잃어버렸어요?"

"집 나간 지 이틀째야. 누가 이 근방에서 봤다고 했는데, 못 찾겠네."

"수캐죠?"

"어떻게 알아?"

"집 나간 수캐는 한번 나가면 오래 걸리기도 하죠."

며칠 전 풀밭에서 놀던 하얀 개가 혹시 오야가 아니었을까? 오야는 짝짓기가 끝나야 돌아올 것이다. 할머니는 일부러 복구가 줄을 풀고 도망을 갈 수 있을 만큼 느슨히 묶어 놓을 때가 있었다. 그러면 복구는 어김없이 줄을 풀고 도망을 갔다. 그리고 며칠씩 집에 돌아오지 않다가 어느 날 문득 돌아왔다.

할아버지는 내가 차에 타자, 물었다.

"집이 절골에 있어?"

"아니요."

"그럼 왜 가는지 물어도 될까?"

나는 대답 대신 비에 젖을까 봐 품속에 안고 있던 할머니 영정 사진을 보여 주었다.

"아."

단 한마디인데도 할아버지 목소리가 떨리고 있다는 걸 느낄 수 있었다. 할아버지가 갓길에 차를 세웠다. 내친김에 나는 배낭 속 할머니의 유골함도 보여 주었다. 할아버지는 계속 아, 세상에, 세상에 무슨 이런 일이, 응? 아이고오, 어린 애 혼자, 응? 아이고, 이게 무슨 일이야, 응? 하면서 어찌할 바를 몰랐다.

"터미널에서 표를 끊으려고 하는데 어디선가 절골로 가자는 소리가 들려오데요? 그래서 가려고 하는 거예요."

"선재야?"

나는 왜 할아버지가 내 이름을 부를 때마다 깜짝 놀라는지 알 수 없었다.

"예?"

"이리 온."

할아버지는 더 이상 아무것도 묻지 않고 나를 안아 줬다. 울음을 감출 때 할머니가 그랬던 것처럼 할아버지 등이 가늘게 떨리고 있었다. 할아버지는 내 등을 쓸고 나는 할아버지 등을 토닥였다. 할머니가 울 때도 그랬다면 얼마나 좋았을까. 이장은 후회할 때는 이미 늦었다고 했지. 이장 말이 틀린 것투성이여도 그 말만은 맞는 것 같았다.

비 온 뒤에 떠오른 아침 햇살 때문이었을까? 절골로 가는 길이 환했다. 환한 아침이었다.

마음의 소리

절골에는 정말로 미륵사라는 절이 있었다. 미륵사 스님은 나를 아는 것 같았다. 나를 보자마자 대뜸 내 이름을 불렀다. 그런데 스님은 나에게 존댓말을 쓰는 것이 아닌가.

"선재 님, 어서 오세요."

"저를 아세요?"

"당연히 알지요. 선재 님 이름도 내가 지어 줬는걸요."

그러고 보니, 어떤 절인지는 몰라도 언젠가, 할머니 등에 업혀 절에 간 것 같기는 했다.

"부처님 오신 날이면 선재 님을 업고 할머니가 늘 오셨지요."

나는 할머니랑 왔던 절이 이 절이란 걸 까맣게 잊어버

리고 있었다. 할머니가 남긴 유언을 말하자, 스님은 그것도 안다고 했다. 몇 년 전에 할머니가 스님한테 말을 해 두었다는 것이다.

"앞으로 삼 주 동안 제사를 지낸 뒤에 할머니 유골을 절 뒷산 동백나무 숲에 산골하도록 합시다."

스님이 나한테 존댓말을 쓰는 게 부끄러워서 나는 그거 할아버지 뒤로 숨었다. 존댓말은커녕, '야 이노마'가 내 이름인 줄 아는 이장 같은 사람도 있는데 말이다.

스님이 할아버지와 나에게 녹차를 따라 주면서 선재 동자 이야기를 해 주기 전까지는 스님이 나를 놀리는 줄 알았다.

옛날 아주 옛날에 나와 이름이 같은 선재라는 동자승이 있었다고 한다. 부처님 오시는 날 절에 가면 보이는 꼬마 스님을 동자승이라 부른다. 그 동자승이 스승님들을 찾아다니다가 쉰세 번째로 보현보살이라는 스승님을 만나 뭔가를 깨달았다는 것이다. 불교에서는 깨달은 사람을 스승님이라고 하는데 선재 동자도 뭔가를 깨달았으니까 스승님이다. 스님한테 선재 동자 이야기를 듣고 나서 나는 상

당히 부담스러워졌다. 더군다나 스님이,

"선재 동자님과 이름이 같으니 선재 님도 이름값을 하시리라 믿습니다."

쐐기를 박는 것이 아닌가.

"이름이 같다고 똑같은 사람이 될 수는 없죠오!"

"옛말에 이름 따라간다는 말도 있지요."

나는 어떻게든 부담을 벗어 보려고 애를 썼다.

"만약에 이름값을 안 하면 어떡할 건데요?"

"해요. 나는 딱 보면 알아요."

큰일 났다. 그러나, 할 수 없게 되었다. 꼼짝없이 선재 동자가 될 수밖에. 그때, 또 무슨 말인가가 들려왔다.

잘할 수 있어 잘할 수 있어 잘할 수 있어.

처음에는 무슨 말인지 알아먹기 힘들지만 가만히 있으면 알게 되는 말이었다. 그리고 나는 알았다. 그것이 내 마음의 소리라는 걸. 마음의 소리는 내 마음으로 듣고 내 마음에 둬야 할 소리라는 걸. 그래서 터미널에서 들은 절골로 가자아 절골로 가자아, 소리도 아무한테도 설명할 필요가 없다는 것을. 마음의 소리는 그런 것이다. 들리기만 하고 해서는 안 되는 말이다. 그제서야 나는 알았다. 그동안에도 수많은 마음의 소리들이 있었지만 내가 무시하고 살았다는 것을. 그래서 이제부터는 꼭꼭 내 마음에 귀를 쫑긋 세우고 살아야겠다고, 나는 할머니 영정 사진 앞에 절을 하며 다짐했다. 할머니 사진이 나를 보고 빙긋이 웃는 것 같았다.

거미가 될 테다

자박 자박 자박.

목소리가 들리기 전에 나는 공양간에서 일하는 공양주 보살님의 발걸음 소리를 들었다. 보살님이 안 보여도 나는 보살님이 어느 쪽으로 가는지, 어느 쪽에서 오는지 발걸음 소리를 듣고 알 수 있다.

"선재 동자님, 마지 올리시요."

보살님은 나를 아예 선재 님도 아니고 선재 동자님이라고 불렀다.

"마지가 뭔데요?"

"할머니 앞에 올리는 음식이제라이."

"보살님은 왜 나한테 말을 올려요?"

"귀한 분잉게 올리지요."

스님이 나한테 말을 올리니까 절에 사는 모든 사람들이 스님을 따라서 나한테 존댓말을 썼다. 아무렇게나 걷다가도 선재 님, 소리가 나면 걸음걸이를 똑바로 했다. 나로서는 상당히 신경 쓰였지만 할 수 없었다.

"선재 동자님, 마늘 좀 까 주시요오."

(선재 동자인지 머시깽인지, 싫다 싫어. 혹시 나한테 일 시켜 먹으려고 선재 동자님이라고 부르는 것일까? 선재 동자가 짜증 부릴 수도 없고, 그래서 더 짜증 난다, 짜증 나.)

"그렇게 합죠."

"합죠? 합죠가 뭐라요?"

"합죠가 합죠죠."

(나도 점점 보살님이 되어 가네.)

보살님이 우리 할머니 영전에 하루에 세 번씩 마지를 올리는데 내가 어떻게 놀고먹을 수 있겠는가.

나는 보살님이 시키는 대로 마늘도 까고 파도 다듬고 열무도 다듬고 상추도 뽑아 오고 고추도 따 오고 심지어 요리도 했다. 요것은 요렇게, 조것은 조렇게, 고것은 고렇게……. 보살님은 하루 종일 나에게 일을 가르쳤다.

점심 공양을 준비하기 위해 보살님이 시범을 보였다.

"요것은 요렇게, 요렇게 허시오이."

보살님이 맡긴 호박전을 열심히 부치고 있는데 어디선가 본 사람이 공양간 앞을 휙 지나가다 나하고 눈이 마주쳤다. 지나가던 사람이 어어, 하면서 다시 되돌아와서 어이, 하고 불렀다. 그 사람은 바로 오토바이 아저씨였다.

"이게 누구여, 너, 너. 야아, 이롸 봐, 이롸 봐."

(선재 동자님한테 이롸 봐,라니. 사람을 뭘로 보고.)

나는 못 들은 척 호박전만 부쳤다.

"나랑 어디 가서 조용히 얘기 좀 하게 나와 봐."

뭔가 직감이 왔다. 후다닥 튀어 나갔다. 아저씨와 나는 요사채 뒤 팽나무 그늘로 갔다.

"아저씨는 절에 왜 왔어요?"

"내가 하는 일이 집 고치는 일이여."

오토바이 아저씨는 절 지붕에 물이 새서 고치러 왔다고 했다.

"뭔 얘기 할라고요?"

"돈 가방."

내 직감이 맞았다.

"어딨는지 알아요?"

아저씨가 나한테 해 준 이야기는 이렇다. 고물 장수와 아저씨는 빗속에서 멱살을 잡고 싸웠다. 멱살잡이를 하다 보니, 자기들이 왜 싸우고 있는지 차츰 이상해졌다. 그래서 멱살을 잡았던 손을 풀었다. 고물 장수가 아저씨한테 물었다.

근데, 한 가지만 물어봅시다. 우리가 왜 싸우고 있습니까?

아저씨는 아직 고물 장수에 대한 의심이 풀리지 않았다.

당신이 애를 납치하려고 했담서? 물었더니 고물 장수가 웃음을 터뜨리며 그것은 오해라고 말했다. 고물 장수가 오해라는 말로 넘어가려는 잔꾀를 부린다고 생각한 아저씨는, 어린애가 거짓말을 할 리가 없제,라고 말했다. 그 말에서 나는 좀 뜨끔했다. 내가 할머니한테 한 거짓말이 얼마나 많은지를 오토바이 아저씨가 알 리가 없다.

"그랬더니 고물 장수가 뭐라고 해요?"

"갸는 거짓말하고도 남을 앱디다, 하더라."

(아니, 나를 어떻게 보고.)

고물 장수가 말을 돌리려는 수작인가, 의심스럽기도 했지만, 비도 오고 대화가 생각보다 길어져서 두 사람은 다리 밑으로 갔다. 그리고 거기서 가방을, 내 돈 가방을 발견한 것이다. 그날부터 고물 장수와 아저씨는 나를 찾아다녔는데, 오늘 여기서 딱 만난 것이다. 아저씨가 흐흣, 하고 웃다가, 갑자기 심각한 표정이 되어 말했다.

"그런디 문제는 고물 장수가 돈 가방을 협상의 조건으로 내건다는 것이제."

"조건이 뭔데요?"

"그건 니가 직접 물어봐라."

"아저씨라면 어떻게 할 거 같아요?"

"모르겄따아."

'협상의 조건'을 생각하다 보니 밤이 깊었지만 잠이 오지 않았다. 먼 데서 가을이 오고 있다는 것을 미리 알려 주는 듯 어디선가 귀뚜라미 소리가 들려왔다. 귀뚜라미야, 너는 협상의 조건이라는 것을 아느냐? 몰라 몰라 몰라 몰라……. 하기야 귀뚜라미가 무엇을 알겠는가. 나도 할머니가 있을 때는 귀뚜라미 같았을 것이다. 할 줄 아는 것은 짜증 부리기나, 거짓말하기나, 먹는 생각 말고는 암것도 할 줄 모르는 귀뚜라미. 그러나 이제 나는…… 거미가 되련다. 비가 와도 절대로 부서지지 않는, 바람이 불어도 날아가지 않는 집을 짓는 똑똑한 거미가 되고 말 테다!

예술의 힘

고물 장수에게는 그거 할아버지와 함께 갔다. 할아버지가 앞서 가고 나는 조금 떨어져서 따라갔다. 꾸루룩이가 꾸루룩, 꾸루룩, 꼬리를 흔들었다. 딱 한 번 봤을 뿐인데도 나를 알아보는 것 같았다. 같이 똥 눈 사이라 이거지? 꾸루룩이를 쓰다듬고 있는데, 고물 장수가 불쑥 나타났다. 고물 장수 손에는 작대기가 들려 있었다. 우리가 멈칫하자, 작대기를 한쪽으로 던지고는 어색하게 소리쳤다.

"아, 오해하지 마시오이."

우리를 작대기로 치려고 했다가 왜인지는 몰라도 마음이 바뀌어 작대기를 버리면서 괜히 하는 말이겠지. 한순간도 경계를 늦추면 안 될 것 같았다.

"오해를 하고 안 하고는 우리 맘이죠."

나는 날카롭게 대꾸했다. 오토바이 아저씨가 고물 장수에게 우리가 갈 거라고 말을 해 두어서인지, 내 돈 가방은 문기둥에 걸려 있었다. 나는 잽싸게 다가가 돈 가방을 낚아챘다.

"에헤이."

고물 장수가 돈 가방을 빼어갔다.

"사과해라. 그래야 줄란다."

그러니까 나의 사과가 협상의 조건인 모양이었다. 고물 장수가 던진 작대기가 발에 걸렸다. 작대기를 주워 휘두르며 개처럼 으르렁거렸다.

"내 가방 내놔아!"

"사과하라고 했잖어."

고물 장수가 빙글빙글 웃으며 약을 올렸다.

"뭔 사과아!"

"애먼 사람 납치범으로 몬 데 대하여 정중한 사과를 해야만 돈 가방을 돌려주겠다, 이상."

"예예예. 사과합니다요, 사과해요."

나와 고물 장수가 실랑이하는 그 순간에도 할아버지는 계속 사진을 찍고 있었다.

"아이 할아버님이신 것 같은데 혹시 무슨 사진을 찍으시는지 여쭤봐도 될까요?"

초상권 침해니 뭐니 하면서 사진을 지워 달라고 하겠지.

"보고 싶으세요?"

할아버지가 사진을 보여 주었다.

"이건 뭡니까? 나뭇잎, 하늘, 구름…… 비니루, 죽은 개구리. 아니 근데, 할아버님은 별것을 다 찍으시네요이?"

"자세히 보세요. 죽은 개구리 피부 무늬에 부처님 형상이 보이지 않습니까?"

"글쎄요. 눈이 나빠서."

할아버지가 호주머니에서 연필과 종이를 꺼내 개구리를 그리고 피부 무늬 속의 형상을 그려서 고물 장수에게 보여 줬다.

"앗, 이것은…… 혹시 예술가십니까?"

"예술을 좋아하긴 하죠. 예술 좋아하세요?"

"좋아합니다. 아니, 사랑합니다."

대답이 끝나기 무섭게 고물 장수가 내 돈 가방을 나한테 던져 주고는 방으로 뛰어 들어가 그림 한 점을 들고 나왔다. 협상이고 뭐고 순간적으로 잊어버린 것 같았다.

"선생님, 이 그림 어떻습니까?"

"아, 구두군요."

"작가 이름을 아십니까?"

"빈센트 반 고흐라고 쓰여 있네요."

"재활용 센터의 버려진 달력에서 발견했죠. 무심코 달력을 넘기다가 이 그림을 본 순간, 갑자기 눈물이 나더라고요."

"살다 보면 그런 순간이 있죠."

"이 그림과 똑같이 해진 신발을 볼 때는 아무렇지 않았는데 그림을 보는 순간…… 꼭 나를 보는 것 같아서 막 눈물이…… 그림을 꼭 갖고 싶더라고요. 돌아와서도 그림이 아른거려 잠을 못 자겠더라고요. 참을 수 없어서 날이 새기 전에 다시 갔죠."

"이 그림에 영혼을 사로잡힌 게로군요."

"맞습니다. 영혼이 사로잡히면 저절로 눈물이 나오고,

가슴이 설레고 막…….”

그거 할아버지도 고물 장수와의 대화가 무척 즐거운가 보았다. 국악을 들을 때 추임새를 넣는 것처럼, 무릎을 탁 치며 경쾌하게 맞장구를 쳤다.

“그렇죠오.”

“역시 예술을 사랑하는 분과의 대화는 즐겁네요.”

고물 장수는 아직 어두운 새벽에 문이 잠긴 고물상, 아니 재활용 센터 양철 담장을 타고 올랐다고 했다. 그러다가 그만 아래로 굴러떨어져서 발을 다치고 말았다. 그러나 달력을 손에 쥐니 아픔도 잊었다. 집에 와서야, 퉁퉁 부어오른 발목을 부여잡고 엉엉 울었다.

“왜 울었냐면, 그림을 손에 쥔 게 기쁘고 발목이 너무 아파서였죠.”

“이 그림의 어떤 점이 그렇게 좋았습니까?”

“낡은 구두 같은 삶도 사랑해야 쓰겄다, 하는 맘이 들게 하는 점이 좋았다고나 할까요. 뭔가 애잔한 기분도 들고 말입니다이.”

“그것이 예술의 힘이죠.”

"아, 예술의 힘!"

고물 장수가 흘낏 나를 바라보며 말했다.

"예술을 사랑하는 마음으로 너를 용서해 주마."

고물 장수가 예술을 사랑하는 마음으로 나를 용서해 준다는 말을 나는 예수를 사랑하는 마음으로,라고 들었다.

내가 동준이하고 한창 사이가 안 좋을 때 상필이가 말한 적이 있었다.

"예수님은 원수를 사랑하라고 했다더라, 원수도 아닌데 사랑은 못 해도 용서는 해야지."

그래, 고물 장수가 원수도 아닌데, 사랑은 못 해도 용서는 하자, 해 버리자, 까짓것.

여름 저녁

오토바이 아저씨가 나를 불렀다. 아저씨는 절 지붕을 고치는 동안 절에서 살고 있었다. 아저씨가 내게 살짝 보여 주는 것은 초코파이였다. 내가 망설이자, 아저씨가 따라오라는 시늉을 했다. 절에 오는 사람들이 주는 과자나 사탕을 보면 보살님이 가차 없이 빼앗았다. 보이지도 않았는데 어디선가 나타나서 잔소리를 했다.

"선재 동자님, 요런 것은 안 돼요이."

"아따, 나도 단것 좀 먹어 봅시다."

"잘생긴 선재 동자님 이빠지에 도구통 생긴당게라우."

"보살님 이빨도 아니고 내 이빨인데 뭔 상관입니까?"

과자를 두고 줘라, 못 준다, 보살님과 내가 다툰다는 것을 아는 아저씨가 나를 데려간 곳은 지장전 뒤편 숲속에 있는 바위 굴이었다.

"어떠냐, 초코파이 몰래 먹기 딱 좋은 데지? 흐흐흐."

아저씨가 불량스럽게 웃었다.

"선재 동자, 니 아부지는 뭐 허시는 분이냐?"

"일하다 죽었다고 하데요."

"뭔 일?"

"공사장 일."

"음, 나도 일하다 죽을 뻔했지."

아저씨가 젊었을 때 일이다. 지붕 설치 작업을 하다가 그만 아래로 떨어지고 말았다. 분명 떨어졌는데도 또 자기는 여전히 지붕 위에 있는 이상한 경험을 했다고 한다.

"지붕 위에 있는 내가 아래를 내려다 봤거든. 그런디 어디서 많이 본 얼굴이다 싶어서 자세히 보니 나여. 내가 지붕 아래 떨어져 있고 사람들이 막 나한테 인공호흡을 하고 둘러선 사람들이 울면서 정신 차리라고 악을 쓰더란 말이여. 저것이 머시여? 오잉? 내가 언제 아래로 떨어졌나? 나는 지붕 아래 떨어져 있는 나를 이상하게 생각함스로 지붕 위에서 가만히 쳐다보고 있는 거라. 그러다가 깨어나서 보니, 내가 병원에 있더란 말이여."

나는 초코파이 먹는 것도 잊은 채 입을 벌리고 아저씨 말을 들었다. 그러면 할머니도 그랬을까? 할머니는 내가 할머니, 할머니, 부르면서 우는 모습을 다 보고 있었을까. 아, 내가 죽었나? 하면서, 어디선가 지켜보고 있었을까? 상필이는 할머니가 보고 있을 거니까 너무 울지 말라고 말했었다. 상필이의 그 말이 맞을지도 모른다. 지는 해가 비친 아저씨의 붉은 얼굴이 더 붉어 보였다. 쨍그랑 쨍그랑 풍경 소리가 들려오는 여름 저녁이었다.

울지 마요, 할머니

절에서 지낸 지 삼 주가 지나 할머니 유골을 산골하는 날 아침은 가을 느낌이 났다. 끝날 것 같지 않던 더위가 한풀 꺾인 듯 느껴졌다. 절 화단에 핀 백일홍 위로 잠자리가 날아다녔다. 날씨는 더없이 맑았다. 언제부터 와 있었는지 그거 할아버지와 보살님이 마루에 앉아 대화를 나누고 있었다.

"할아버지, 암만해도 제 생각에는 산다는 것은 나비나 잠자리처럼 꽃에서 잠시 쉬다가 다시 날아가는 것이 아닌가 싶으네요."

보살님이 한숨 쉬듯이 말했다.

"아, 잠자리나 나비가 날아가듯이, 아!"

치꺽치꺽, 사진 찍는 소리.

"오늘 날씨가 딱 가볍게 날아가기 좋은 날씨 같아서 하는 말입니다."

아니, 그런데 어디서 많이 본 차가 절 아래서 올라오고 있었다. 차가 아니라 거의 달구지 같은 봉고차는 분명 이장 차였다. 상필이, 상필이 할머니, 국자 할머니, 염소 할아버지 그리고 미역 아줌마까지 차에서 내려 한꺼번에 몰려왔다. 이장이 멀리서부터 나를 향해 소리쳤다.

"야 이노마, 어디를 가면 간다고 말이라도 하고 가얄 거 아녀어. 너를 찾을라고 천지사방을 헤맬 뻔했어어."

"돌아가신 분이 편안하게 가실 수 있도록 여러분도 각자 마음속으로 조용히 고인의 극락왕생을 빌어 주십시오. 나무 관세음보살."

스님의 한마디로 이장의 소란은 금방 끝났다. 장례식에서 그랬던 것처럼 상필이가 영정 사진을 들고 내가 유골함을 안았다. 스님이 앞장서서 간 곳은 동백나무가 우거진 숲이었다. 스님이 목탁을 치면서 할머니의 극락왕생을 비는 염불을 시작하자 나는 보살님이 시키는 대로 할머니의 하얀 뼛가루를 동백나무 숲에 뿌렸다. 뼛가루가 바람에 날렸다. 가볍게, 가볍게, 날렸다. 보살님 말대로 바람이 적당히 불어서 날아가기 좋은 날임에는 틀림없었다. 할머니는 굴러가지도 않았고 건너가지도 않았고 없어지지도 않았다. 할머니는 날아갔다. 할머니는 동백나무숲 아래로 날아가고 위로도 옆으로도 날아가고 그리고 눈에 안 보이는 곳으로도 날아갔다. 좋은 날씨가 도와줘서 나비처럼, 잠자리처럼 가볍게 날아갔다.

할머니, 잘 가. 잘 날아가서 꼬옥 할아버지랑 아빠랑 만나, 알았지?

내 강아지야, 선재야. 사랑해, 사랑해, 사랑해.

할머니는 사랑해, 사랑해, 사랑해, 하면서 날아가는 것 같았다.

"할머니, 사랑해. 잘 가, 할머니. 안녕. 나중에 우리 꼬옥 다시 만나. 사랑해, 사랑해, 사랑해……."

할머니가 살아 있을 때는 한 번도 하지 않았던 사랑해, 라는 말이 끝없이 나왔다. 그리고 사랑해, 사랑해, 사랑해 위로 흐르는 눈물은 결코 차갑지 않았다.

주위가 조용해서 돌아보니, 사람들이 모두 울고 있었다. 그때 갑자기 이장이 소리쳤다.

"야 이노마, 우리도 너를 사랑한다아. 겁나게 사랑한다아. 오달막 아짐 사랑헙니다아, 잘 가시오이."

미역 아줌마가 이장의 입을 막았다. 사람들이 울다가 웃었다. 날아가던 할머니도 웃을까? 사람들이 웃으니까 좋다고 할머니도 웃을까?

나는 할머니가 울면서 가지 말고 웃으면서 가면 좋겠다고 생각했다. 할머니가 웃으면서 가게 하려면 나도 이제 그만 울어야지, 하고서 하늘을 보는 순간, 노란 머리의 동박새 한 마리가 공중으로 날아오르고 있었다. 찌리찌리 찌리찌리 찌리리, 하는 새소리는 울음소리일까, 웃음소리일까. 그것은 알 수 없지만, 할머니는 이제 울지 마요. 그리고 잘 가요, 오달막 내 할머니. 나도 이제 울지 않을게요(어차피 울 자격도 없지만). 왜냐하면, 열세 살이나 되어서 아직도 애기같이 울면 안 되니까요.

그러나 산을 다 내려온 뒤에도 한참 동안 눈물은 멈추지 않았다. 눈물이라는 것은 흘리고 싶다고 나오는 것도 아니고 안 흘리고 싶다고 해서 안 나오는 것도 아니기 때문이다. 이 세상에서 가장 고집이 센 것은 어쩌면 눈물이 아닐까. 내가 울지 말라고 해서 울음이 그쳐지지는 않겠지만, 그래도 울지 마요, 할머니.

이상한 쟁탈전

산에서 내려와 보니, 선생님이 동준이와 동준이 아빠 이상덕 씨와 함께 와 있었다. 선생님은 동준이 아빠가 말해 줘서 왔고 동준이 아빠는 이장이 말해 줘서 왔고 동준이는 이상덕 씨가 가자고 해서 왔다는 것을 알았다. 동준이는 멋을 부리고 싶었는지 여름인데도 소매가 긴 옷을 입고 와서 땀을 뻘뻘 흘리며 인상을 쓰고 있었다. 그리고 고물 장수도 와 있었다. 오토바이 아저씨가 오라고 했을까? 그랬을지도 모른다. 그런데 고물 장수가 와서 일이 복잡해지고 말았다.

나와 함께 살고 싶다는 말을 먼저 꺼낸 건 이장이었다. 점심 공양을 마치고 스님이 따라 주는 차를 후루룩 소리까지 내며 급하게 마시는 이장에게 미역 아줌마가 핀잔을 주었다.

"앗따, 참말로 예의 좀 지키시오이."

"마음이 급해서 그러제에."

스님이 허허 웃으며 왜 마음이 급하냐고 물었다.

"다름이 아니고요이. 제가 선재를 데려가서 함께 살고 싶습니다, 스님."

스님이 나를 바라봤다. 나는 고개를 젓는 것도 모자라서 손으로 엑스자를 해 보였다. 이 무슨 날벼락 같은 말인가. 그런데 이장의 말이 나오기 무섭게 이번에는 고물 장수가 나섰다.

"제가 이 자리에 급하게 온 이유가 있지요. 아이는 제가 데려가겠습니다."

내 입에서 비명이 나오려는 걸 겨우 참았다. 울고 싶은 사람은 정작 난데, 고물 장수가 갑자기 울음을 터뜨렸다.

아이를 딱 본 순간, 영락없이 제 아들 같더란 말입니다. 제 아들 같아서…… 너무나 보고 싶어서…… 하면서 고물 장수는 흐느꼈다. 보살님이 고물 장수에게 울려면 딴 데

가서 우시라고 쌀쌀하게 쏘아붙인 뒤 말했다.

"한창 크는 아이한테는 아빠보다 엄마가 더 좋지 않나 싶네요. 그래서 제가……."

보살님의 말이 채 끝나기도 전에 미역 아줌마가 잽싸게 끼어들었다.

"저기요, 혹시 보살님께서는 결혼은 하셨어요?"

조심스럽게 묻는 것 같지만 목소리가 왠지 의기양양했다.

"왜요?"

"저도 다 알아봤거든요. 혼자 사는 사람은 아이를 입양할 자격이 없다더군요."

"그런 법이 어딨답니까? 응? 그런 법이……."

그런 법을 미역 아줌마가 만든 것도 아닌데 보살님은 눈물이 그렁그렁한 채 미역 아줌마한테 따졌다.

"앗따, 디지게 말도 안 듣는 놈을 뭐 하러 키울라고들 하는지 나는 당최 이해가 안 돼요, 이해가 안 돼야."

오토바이 아저씨가 나를 보며 눈을 찡긋했다.

"작년에 제 아이를 잃었습니다."

선생님이 조용히 말했다. 사람들이 모두 선생님을 바라보았다.

"선재를 위로하려고 갔다가 제가 선재한테 위로를 받았지요. 아이는 어른의 보호를 받아야 하지만, 선재 의견을 먼저 물어야 한다고 생각합니다. 선재는 열세 살이지만 생각이 없는 아이가 아니니까요."

"전쟁통에 가장이 되어서 다섯 식구 입을 책임져야 했을 적에 내 나이가 열세 살이었제."

염소 할아버지가 어깨를 으쓱해 보이며 말했다.

"선재 님이 절에 살면서 나중에 스님이 됐으면 했지만 선생님 말씀처럼 본인 의견을 먼저 물어봐야겠군요. 할아버님 말씀대로 열세 살이면 이제 어리기만 한 것은 아니니까요."

그 뒤에 무슨 말들이 더 오갔는지는 알 수 없었다. 나는 스님의 말까지만 듣고 슬그머니 밖으로 나와 요사채 뒤 팽나무 위로 올라와 버렸다. 나중에 혹시라도 궁금해지면 그거 할아버지한테 사진을 보여 달라고 하면 될 것이다. 할아버지는 그 와중에도 계속 사진을 찍고 있었다.

돌아온 노래

요사채 뒤 팽나무는 삼백 년도 넘은 나무다. 그래서 나무 위로 올라가 버리면 잎에 가려 밖에서 잘 보이지 않았다. 상필이가 나를 찾고 있었다. 나는 나무 위에서 상필이가 들릴 정도로 엿 타령을 불렀다. 상필이가 알아채고 나무 위로 올라왔다. 나무 위로 오르면 중간쯤에 거의 두 사람 정도는 누울 수 있을 만큼 가지 사이가 넓은 곳이 나온다. 그곳에는 어디선가 날아온 씨가 싹을 틔운 느티나무가 자라고 있었다. 팽나무가 느티나무를 키우고 있는 셈이다. 정말 신기한 일이었다. 상필이도 다 올라와서, 와아, 호텔인데! 하면서 흐흐흐 웃었다.

"나 없는 동안 더 나온 말 있나?"

"이장하고 미역 아줌마하고 결혼한대."

"그렇군."

"니가 그 집에 들어가면 이장이 아빠고 미역 아줌마가 엄마야."

"아빠는 맘에 안 들고 엄마만 맘에 드는군."

절 마당에 세워진 제 아빠 차에서 동준이가 뭔가를 꺼내는 게 보였다. 동준이가 꺼낸 건 킥보드였다. 넓은 절 마당에서 동준이는 신나게 킥보드를 탔다. 멋은 개뿔, 더워서 결국 긴소매 옷은 벗어 버린 모양이었다.

킥보드를 타는 동준이를 바라보며 상필이가 물었다.

"고물 장수 아저씨는 어때?"

"같이 살면 재밌기는 할 테지만, 고물을 훔쳐야 할지도 몰라. 도둑으로 살긴 싫어."

"보살님은?"

"맘에는 들지만, 결혼을 안 해서 안 된다잖아."

"아참, 보라 머리 할아버지가 간장병을 깨뜨렸대."

"뭔 소리?"

"전쟁 나서 피난 갈 때 간장병 담당이었는데 먼 데서 포

탄 떨어지는 거 보느라 간장병이 돌에 부딪히는 줄 몰랐대. 어른들한테 혼날까 봐 다른 사람들 틈으로 숨었는데 피난민들에 휩쓸려서 가족들을 잃어버린 거야. 혼자서 울고 있는데 어떤 아줌마가 데려가서 열 살부터 스무 살까지 그 아줌마 집에서 살았대. 그래서 자기도 그 아줌마한테 받은 은혜를 선재를 키우는 것으로 대신 갚고 싶다고 할아버지가 말하는 순간……."

"순간?"

"그 순간, 미역 아줌마가, 육십오 살 이상은 입양할 수 없어요, 하고 단칼에 잘라 버렸어."

"내가 지금까지 만난 사람 중에 젤 멋있는 사람이 바로 그 할아버지야. 그 할아버지 이름은 그거야. 비닐하우스 앞에서 오야를 부르더라고. 문을 열 때부터 뭔가……."

나는 상필이에게 그거 할아버지를 처음 만났을 때부터 고물 장수 집에 갔을 때의 일을 대충 말했다.

"가장 멋있는 사람인데 나이 제한에 걸려 안됐군. 그럼 선생님은?"

"선생님은 재미없을 것 같아서 싫어."

"스님은?"

"부담스럽지. 스님 되면 착하게 살아야 하잖아."

"그럼 혼자 살 거야?"

"모르지. 나중에 결심하면 너한테만 말해 줄게."

"알았어."

상필이가 나와 하이 파이브를 하고 나서 동준이를 향해 휘파람을 불었다. 동준이가 사방을 휘둘러보다가 드디어 소리 나는 방향을 찾았는지 팽나무 위를 바라보고 손을 흔들었다.

팽나무 위가 마치 전망대 같았다. 나무 아래에서 움직이는 모든 것을 볼 수 있었다. 스님 방에서 사람들이 나오고 있었다. 미역 아줌마가 마당에서 놀고 있는 동준이에게 우리의 행방을 묻는 것 같았다. 동준이가 우리가 있는 쪽을 가리켰다. 미역 아줌마가 다가오고 있었다. 우리는 숨을 죽였다. 미역 아줌마가 팽나무 위를 바라보며 소리쳤다.

"가자아."

상필이가 같이 가자는 뜻으로 나한테 턱으로 물었다.

나는 칼같이 대답했다.

"아니!"

상필이는 두말하지 않고 혼자 내려갔다.

"너는?"

아줌마가 나에게 물었다.

"나는 나무에서 살 건데요?"

"그래? 그럼 나무 위에서 떨어져서 울지 말고 잘 살아라이."

선생님이 이쪽을 향해 손을 흔들었다. 사람들이 나한테 오려고 하자 스님이 말리는 것 같았다. 사람들은 모두 갔다. 나는 나무 위에서 한참을 누워 있었다. 어디선가, 칙치그, 칙치그, 소리가 들려왔다. 그 소리는 방아깨비가 가을을 알리는 소리라는 걸 나는 알고 있었다. 가을이 나에게 칙치그 칙치그 했으니 나도 가을에게 내 소개를 해야지.

너는 칙치그냐? 나는 선재, 김선재, 했지만 뭔가 허전해서 곧바로 있는 힘껏 소리치고 말았다.

"나는 선재다아아!"

그리고 나오는 소리는,

나나나 음음음 나나나 음음음.

그것은 분명히 콧노래였다. 콧노래가 왜 나오는지는 알 수 없었다. 할머니 따라 멀리 가 버렸다고 생각했는데. 가다가 돌아왔는지 처음부터 떠나지 않았는지는 알 수 없지만, 영영 떠난 줄만 알았던 콧노래가 다시 돌아왔다. 따라오는 내 콧노래를 할머니가 돌아가라고 했을까?

노래야, 나 따라오지 말고 울 애기한테 가거라, 울 애기 옆에 가서 나 대신 울 애기 눈물을 닦아 주거라, 했을까?

이름은 오달막, 나이는…… 모르지만 내 할머니는 틀림없이 그랬을 것이다. 절 마당에서 나를 부르는 그거 할아버지의 목소리가 들려왔다.

선재야아? 선재 어딨니?

나는 맛있는 사탕을 먹을 때처럼 기분이 달콤해져서, 또 나나나 음음음…….

선재야아?

나는 노래로 대답했다.

나나나 음음음 나나나 음음음…….

그거 할아버지가 팽나무 쪽으로 겅중겅중 달려왔다. 보

라색 머리카락이 바람에 날리는 모습이 보기 좋아서 나는 또 노래 불렀다.

나나나 음음음 나나나 음음음…….

할아버지는 나무 아래서 내 콧노래를 들으면서 사진을 찍었다. 치컥 치컥 치컥…….

나나나 음음음, 나나나 음음음…….

선재 노래 참 듣기 좋다, 치컥 치컥 치컥…….

잠시 멎었던 방아깨비 소리가 다시 들려왔다.

칙치그 칙치그 칙치그 칙치그…… 치컥 치컥 치컥 치컥…….

그리고 나의 노래 소리, 나나나 음음음 나나나 음음음…….

바람이 불어왔다. 팽나무 이파리가 수많은 작은 종이 흔들리는 것처럼 일제히 흔들렸다.

나나나 음음음 나나나 음음음…….

아아, 아름답구나. 치컥 치컥 치컥…….

작가의 말

이 세상에서 가장 슬픈 일은 사랑하는 사람의 죽음이 아닐까. 이 글의 주인공 선재처럼 나도 작년에 '이 세상에서 가장 슬픈 일'을 겪었다. 깊고 깊은 슬픔 속에서 선재 이야기를 썼다. 글을 쓰면서 나는 선재가 되었다. 육십 살 나는, 글을 쓰면서 열세 살이 되었다. 선재는 글 밖으로 나와 내 등을 쐐애, 쐐애, 쓸어 주었다. 슬픔이 슬픔을 어루만져 주었다.

선재가 아니었으면 내가 어디 가서 울 수 있었을까. 슬픔은 또다른 슬픔에게 안식을 준다. 내 슬픔 속에 들어와 쉬라고, 편한 자리를 내준다.

열세 살 선재의 슬픔에 육십 살 내 슬픔이 기대어 봄, 여름, 가을, 겨울을 났다. 그리고 다시 봄이다. 사방에서 꽃이 피고 새 움이 돋는 봄이 왔다.

2023년 봄,

선재의 노래

초판 1쇄 발행 • 2023년 4월 28일
초판 3쇄 발행 • 2024년 2월 5일

지은이 • 공선옥
펴낸이 • 염종선
책임편집 • 김도연 정소영
조판 • 박지현
펴낸곳 • (주)창비
등록 • 1986년 8월 5일 제85호
주소 • 10881 경기도 파주시 회동길 184
전화 • 031-955-3333
팩스 • 영업 031-955-3399 편집 031-955-3400
홈페이지 • www.changbi.com
전자우편 • ya@changbi.com

ISBN 978-89-364-3111-2 43810